À BEIRA DO RIACHO

À BEIRA DO RIACHO

Laura Ingalls Wilder

Tradução
Lígia Azevedo

Principis

Esta é uma publicação Principis, selo exclusivo da Ciranda Cultural
© 2023 Ciranda Cultural Editora e Distribuidora Ltda.

Traduzido do original em inglês
On the Banks of Plum Creek

Texto
Laura Ingalls Wilder

Editora
Michele de Souza Barbosa

Tradução
Lígia Azevedo

Preparação
Maria Luísa M. Gan

Produção editorial
Ciranda Cultural

Diagramação
Linea Editora

Revisão
Mônica Glasser

Capa
Fendy Silva

Imagens
graphixmania/shutterstock.com

Dados Internacionais de Catalogação na Publicação (CIP) de acordo com ISBD

W673b	Wilder, Laura Ingalls.
	À beira do riacho / Laura Ingalls Wilder ; traduzido por Lígia Azevedo ; ilustrado por Fendy Silva. - Jandira, SP : Principis, 2023.
	224 p. : il. ; 15,50cm x 22,60cm . (Os pioneiros americanos; v. 4).
	Título original: On the banks of Plum Creek
	ISBN: 978-65-5552-849-7
	1. Literatura infantojuvenil. 2. Literatura americana. 3. Família. 4. Viagem. 5. Aventura. I. Azevedo, Lígia. II. Silva, Fendy. III. Título. IV. Série.
2023-1055	CDD 028.5 / CDU 82-93

Elaborado por Lucio Feitosa - CRB-8/8803

Índice para catálogo sistemático:
1. Literatura infantojuvenil 028.5
2. Literatura infantojuvenil 82-93

1ª edição em 2023
www.cirandacultural.com.br
Todos os direitos reservados.
Nenhuma parte desta publicação pode ser reproduzida, arquivada em sistema de busca ou transmitida por qualquer meio, seja ele eletrônico, fotocópia, gravação ou outros, sem prévia autorização do detentor dos direitos, e não pode circular encadernada ou encapada de maneira distinta daquela em que foi publicada, ou sem que as mesmas condições sejam impostas aos compradores subsequentes.

Esta obra reproduz costumes e comportamentos da época em que foi escrita.

SUMÁRIO

Nota da tradução 7

A porta no chão 9

A casa no chão 14

Juncos e íris 20

Águas profundas..23

Um estranho animal..27

Coroa de rosas 33

Um boi no telhado..38

O monte de palha 42

Estação dos gafanhotos..48

Bois no feno..52

O fugitivo..56

Os cavalos de Natal 60

Um feliz Natal 66

Cheia de primavera 71

A ponte 74

Uma casa maravilhosa 78

Mudança..84

O caranguejo e as sanguessugas 88

Armadilha para peixes..93

Escola 97

Nellie Oleson 105

Festa na cidade..110

Festa no campo 116

Na igreja..121

A nuvem cintilante 131

Ovos de gafanhoto...139

Chuva 144

A carta..151

A hora mais escura é a que precede o amanhecer.....................154

Na cidade 162

Surpresa 166

A marcha dos gafanhotos 174

Rodas de fogo...179

Marcas na lousa 184

Brincando de casinha...188

Inverno na pradaria..195

A longa nevasca 199

Um dia de brincadeiras...207

O terceiro dia 212

O quarto dia 214

Véspera de Natal...221

Nota da tradução

Laura Ingalls Wilder começou a lançar a série de livros que a deixou famosa em 1932, com *Uma casa na floresta*. No entanto, a história de cunho autobiográfico se passa ainda antes, a partir dos anos 1870, quando a família da autora viveu em diferentes partes do interior dos Estados Unidos. Era um período em que a população branca vinha se expandido do Leste para o Oeste do país, incentivada pelo governo. Esse processo teve efeitos terríveis sobre a população indígena, que foi sendo despojada de suas terras e acabou drasticamente reduzida.

Em *Às margens do riacho* (1937), a família de Laura não se encontra mais em território indígena, mas a narrativa ainda assim é pontuada de comentários preconceituosos. Em determinado momento, Mary diz para Laura: "Você vai ficar morena como um índio", enquanto Laura cobre a cabeça para evitar isso. O rosto de outro personagem é descrito como "tão vermelho quanto o de um índio". Pa se dirige às filhas de maneira carinhosa, chamando-as de "suas indiazinhas selvagens".

A narração também faz uma comparação entre lobos e índios, sugerindo que ambos devem ser temidos. Ma chega a comentar: "Não teremos lobos uivando ou índios gritando esta noite. Nem sei quando foi a última vez que me senti assim segura e calma". A mesma Ma fica chocada quando Laura comenta que gostaria de ser índia "para não ter que usar roupa", por causa do calor.

Também há uma descrição bastante inocente do significado do Dia de Ação de Graças: "os peregrinos não tinham nada para comer além de três grãos de milho tostados. Então os índios chegaram, trazendo consigo perus, e os peregrinos ficaram gratos". Essa descrição sugere uma convivência pacífica entre peregrinos e indígenas, omitindo o fato de que os primeiros trouxeram doenças que resultaram na morte dos últimos, além das guerras sangrentas travadas entre esses povos por anos.

É impossível ler a série de Laura Ingalls Wilder sem perceber as questões raciais abordadas. Até os dias de hoje, os indígenas continuam lutando por igualdade de status com a população branca, não só nos Estados Unidos, mas também no Brasil.

A porta no chão

Os vagos rastros de carroça só iam até aquele ponto da pradaria. Pa parou as éguas.

Quando as rodas pararam de girar, Jack se deitou à sombra entre elas. Sua barriga afundou na grama e suas pernas dianteiras se estenderam. Seu focinho se encaixou num buraco no verde. Todo ele descansava, com exceção das orelhas.

Durante todo o dia, fazia muitos, muitos dias, Jack trotava sob a carroça. Ele tinha trotado o caminho inteiro desde a casinha de toras em território indígena, atravessando Kansas, Missouri, Iowa e adentrando em Minnesota. Ele havia aprendido a descansar sempre que a carroça parava.

Laura se levantou dentro do veículo, assim como Mary. As pernas delas estavam cansadas de ficar imóveis.

– Deve ser aqui – Pa disse. – Oitocentos metros adiante do Nelson, perto do riacho. Percorremos oitocentos metros e ali está o riacho.

Laura não conseguia ver o riacho. Ela só conseguia ver a grama alta da margem e além dela uma fileira de copas de salgueiros, balançando ao vento suave. No restante da paisagem, as gramíneas da pradaria balançavam até o horizonte distante.

– Acho que há uma espécie de estábulo ali – disse Pa, olhando além da cobertura da carroça. – Mas onde está a casa?

Laura ficou assustada. Havia um homem perto das éguas. Ninguém o tinha visto e, de repente, ele estava ali. Seu cabelo ela loiro bem claro, seu rosto era tão vermelho quanto o de um índio e seus olhos eram tão claros que não pareciam normais. Jack rosnou.

– Quieto, Jack! – disse Pa. Então ele perguntou ao homem: – Sr. Hanson?

– Sim –respondeu o homem.

Pa falou devagar e alto.

– Fiquei sabendo que gostaria de ir para o Oeste. Está interessado em trocar sua casa?

O homem olhou para a carroça por um tempo e, em seguida, olhou para as éguas, Pet e Patty. Depois de algum tempo, ele respondeu:

– Sim, eu quero.

Pa desceu da carroça. Ma disse:

– Podem descer e correr por aí, meninas. Devem estar cansadas de ficar sentadas.

Jack se levantou quando Laura desceu pela roda, mas teve de permanecer debaixo da carroça até que Pa o liberasse. Ele observava enquanto Laura corria por um pequeno caminho que havia ali.

O caminho era coberto de grama curta e queimada pelo sol, estendendo--se até a margem. Lá embaixo, o riacho fluía e cintilava sob o sol, com salgueiros crescendo além dele.

Do outro lado, o caminho fazia uma curva e descia, cercado pelas gramíneas altas como paredes.

Laura desceu com cuidado, deixando para trás o terreno elevado, até que não pudesse mais ver a carroça. Apenas o céu pairava acima dela e a água do

À BEIRA DO RIACHO

riacho parecia murmurar abaixo. Laura continuou a dar passos, um após o outro. O caminho se estendia por um trecho amplo e plano, antes de se curvar e descer em degraus em direção ao riacho. Foi então que Laura viu a porta. A porta estava localizada em meio à grama na margem, onde o caminho fazia uma curva. Era como uma porta de casa, mas qualquer coisa que estivesse do outro lado estava sob a terra. A porta estava fechada.

À frente dela, estavam dois cachorros grandes com aparência assustadora. Assim que avistaram Laura, eles se levantaram lentamente.

Laura correu muito rápido pelo caminho de volta em direção à segurança da carroça. Mary continuava lá, e Laura sussurrou para ela:

– Tem uma porta no chão e dois cachorros enormes...

Ela olhou para trás. Os cachorros estavam se aproximando.

Debaixo da carroça, Jack soltou um rosnado profundo. Ele mostrou aos outros cachorros seus dentes perigosos.

– São seus? – Pa perguntou ao sr. Hanson. O homem se virou e disse alguma coisa que Laura não conseguiu compreender, mas os cachorros entenderam. Eles voltaram para a margem do riacho, sumindo de vista.

Pa e o sr. Hanson seguiram sem pressa em direção ao estábulo. Era um espaço pequeno e não tinha sido construído com toras. Grama crescia nas paredes, e o telhado estava coberto de gramíneas que balançavam ao vento.

Laura e Mary permaneceram próximas à carroça, onde Jack estava. Olharam para as gramíneas da pradaria balançando e se curvando, assim como para as flores amarelas que pareciam acenar. Pássaros voavam e mergulhavam no ar. O céu parecia distante e curvado, com suas bordas alcançando os limites distantes da terra redonda.

Quando Pa e o sr. Hanson voltaram, elas ouviram Pa dizer:

– Muito bem, Hanson. Amanhã vamos à cidade para assinar a papelada. Acamparemos aqui esta noite.

– Certo – concordou o homem.

Pa colocou Mary e Laura na carroça e dirigiu mais adiante na pradaria. Ele disse a Ma que havia trocado Pet e Patty pelo terreno do sr. Hanson. A mula Bunny e a cobertura da carroça tinham sido trocados pela plantação e pelos bois do sr. Hanson.

Depois de desatrelar Pet e Patty, Pa as levou para beber água no riacho. Em seguida, prendeu-as e ajudou Ma a montar o acampamento para passarem a noite. Laura estava quieta e não queria brincar. Ela também não sentia fome quando todos se sentaram em volta da fogueira para jantar.

– É nossa última noite ao ar livre – disse Pa. – Amanhã estaremos acomodados novamente. A casa fica na beira do riacho, Caroline.

– Ah, Charles! – disse Ma. – Um abrigo? Nunca tivemos que morar em um abrigo.

– Você vai ver, é muito limpo – Pa explicou. – Os noruegueses são conhecidos por ser um povo muito limpo. Será aconchegante durante o inverno, que não está muito distante.

– Sim, será bom estarmos instalados antes que a neve comece a cair – Ma concordou.

– E é temporário, só até a primeira colheita de trigo – disse Pa. – Então você terá uma bela casa, e eu terei cavalos e talvez até uma carruagem. Aqui é a terra do trigo, Caroline! O solo é fértil e plano, sem nenhuma árvore ou pedra para atrapalhar. Não consigo entender por que Hanson semeou uma área tão pequena. Deve ter sido uma estação seca, ou ele não é um bom fazendeiro. O trigo dele é tão fino e leve.

Enquanto a fogueira queimava, Pet, Patty e Bunny pastavam. Elas arrancavam pedaços com seus dentes e depois mastigavam enquanto olhavam para a escuridão e as estrelas brilhando no céu. Balançavam o rabo tranquilamente. Não sabiam que tinham sido trocadas.

Laura já era uma mocinha, tinha sete anos. Era grande demais para chorar, mas não conseguiu evitar de fazer uma pergunta:

– Pa, você realmente tinha de trocar Pet e Patty? Tinha mesmo?

Ele a puxou para mais perto de si, envolvendo-a em um abraço.

– Ah, minha pequena – Pa disse. – Pet e Patty gostam de viajar. São pôneis indígenas, Laura, e arar a terra é um trabalho muito pesado para elas. Serão muito mais felizes seguindo para o Oeste. Você não gostaria de manter as duas aqui, se matando com o arado. Pet e Patty continuarão sua viagem, e com os bois daqui posso preparar um terreno muito maior para o trigo na próxima primavera. Uma boa colheita vai nos render dinheiro como nunca tivemos antes, Laura. E então poderemos comprar cavalos, vestidos e tudo mais que quisermos.

Laura não disse nada. Sentia-se reconfortada nos braços de Pa, mas tudo o que queria era manter Pet, Patty e Bunny, a mula de orelhas compridas, com eles.

A casa no chão

Logo cedo, Pa ajudou o sr. Hanson a passar a cobertura e os arcos de uma carroça para outra. Em seguida, eles retiraram tudo do abrigo e carregaram no veículo.

O sr. Hanson se ofereceu para ajudar a passar as coisas da família para o abrigo, mas Ma disse:

– Não, Charles. Podemos fazer a mudança quando você voltar.

Assim, Pa atrelou Pet e Patty à carroça do sr. Hanson. Em seguida, amarrou Bunny na parte de trás e foi para a cidade com o homem.

Laura observou a partida de Pet, Patty e Bunny. Seus olhos arderam e sua garganta apertou. Pet e Patty ergueram o pescoço, enquanto a crina e o rabo balançavam ao vento. Eles foram embora alegremente, sem saber que nunca mais voltariam.

O riacho fluía calmamente lá embaixo, cercado por salgueiros, e o vento suave fazia as gramíneas da margem se curvarem. O sol brilhava e ao redor da carroça se estendia um espaço amplo e aberto para explorar.

À BEIRA DO RIACHO

A primeira tarefa a fazer era soltar Jack da roda da carroça. Os cachorros do sr. Hanson haviam ido embora com ele, então Jack agora podia correr livremente. Ele ficou tão feliz que pulou em cima de Laura para lamber seu rosto, fazendo com que caísse sentada. Depois Jack correu pelo caminho, e ela foi atrás dele.

Ma pegou Carrie e disse:

– Vamos, Mary. Vamos dar uma olhada no abrigo.

Jack foi o primeiro a chegar à porta. Estava aberta. Ele olhou lá dentro, mas esperou por Laura.

Ao redor da porta, vinhas verdes cresciam a partir da margem do riacho, cheias de flores vermelhas, azuis, roxas, cor-de-rosa, brancas e de cores misturadas, todas bem abertas, como se agradecessem a chegada do dia. Eram glórias-da-manhã.

Laura passou por baixo das flores e entrou no abrigo. Tinha um único cômodo, todo branco. As paredes de terra tinham sido alisadas e caiadas. O chão de terra era plano e duro.

Ma e Mary pararam à porta, bloqueando a luz. Havia uma janelinha de papel-manteiga ao lado da porta, mas a parede era tão espessa que a luz não penetrava muito no cômodo.

A parede da frente era feita de torrões de terra. O sr. Hanson tinha cavado aquele buraco, depois cortado grandes blocos de solo e os posicionado uns sobre os outros para construir aquela parede. Era sólida e espessa, sem nenhuma falha. O frio não tinha como passar por ela.

Ma ficou satisfeita e disse:

– É pequeno, mas limpo e agradável. – Em seguida, ela olhou para o teto. – Vejam, meninas!

Era feito de feno. Galhos de salgueiro tinham sido posicionados e seus ramos entrelaçados, mas aqui e ali se via o feno que havia sido espalhado entre eles.

– Pois bem – Ma disse.

Elas saíram pela porta e ficaram onde seria o telhado da casa. Ninguém poderia adivinhar o que era. Estava coberto de gramíneas balançando ao vento, assim como as que havia por toda a margem do riacho.

– Minha nossa – disse Ma. – Alguém poderia passar por cima desta casa sem saber que está aqui.

Laura estava olhando para alguma coisa. Ela se inclinou e abriu as gramíneas com as mãos, então gritou:

– Achei o buraco da chaminé! Olha, Mary! Olha!

Ma e Mary olharam. Carrie se inclinou no colo de Ma e também olhou. Jack se aproximou para ver. Pelo buraco, era possível enxergar o cômodo caiado que ficava abaixo das gramíneas.

Ficaram olhando até que Ma disse:

– Vamos limpar tudo antes de Pa voltar. Mary e Laura, tragam os baldes!

Com Mary carregando o balde maior e Laura o menor, elas desceram pelo caminho. Jack correu à frente delas e assumiu seu lugar junto à porta.

Ma encontrou uma vassoura feita de ramos de salgueiro em um canto e esfregou as paredes com cuidado. Mary ficou cuidando de Carrie para que ela não caísse no riacho. Laura foi buscar água com o balde menor.

Ela desceu os degraus pulando e chegou a uma pequena ponte que atravessava o riacho. Era feita de uma tábua larga. O outro extremo ficava sob um salgueiro.

As finas folhas das árvores altas balançavam contra o céu, enquanto salgueiros menores cresciam ao redor. Faziam sombra por todo o terreno, que era fresco e não tinha mais nada. O caminho seguia até uma pequena nascente, onde a água limpa formava uma pequena piscina antes de seguir para o riacho.

Laura enchia o balde e voltava pela ponte ensolarada, subindo os degraus. Ela ia e voltava pegando água com o balde pequeno e despejando no grande, que estava em um banco na entrada.

À BEIRA DO RIACHO

Em seguida, ajudou Ma a trazer o que aguentavam carregar da carroça. Quando Pa chegou pelo caminho, quase tudo já havia sido colocado no abrigo. Ele trazia um fogãozinho de lata e dois encaixes para a chaminé.

– Ufa! – Pa disse, colocando tudo no chão. – Que bom que só tive que carregar isso por cinco quilômetros. Consegue imaginar, Caroline? Uma cidade a cinco quilômetros de distância? É uma agradável caminhada. Bem, Hanson já partiu para o Oeste, e a casa é nossa. O que achou, Caroline?

– Gostei – Ma disse. – Mas não sei o que fazer com as camas. Não quero colocá-las no chão.

– Por que não? – Pa perguntou a ela. – Até agora temos dormido no chão.

– É diferente – Ma disse. – Não quero dormir no chão da casa.

– Bom, logo resolveremos – disse Pa. – Vou cortar alguns galhos de salgueiro para espalhar sob a cama hoje à noite. Amanhã trago varas para fazer a estrutura das camas.

Ele pegou o machado e seguiu pelo caminho, assoviando. Passou por cima da casa e desceu até o riacho. Ali havia um pequeno vale com salgueiros crescendo à beira da água.

Laura correu atrás dele.

– Me deixa ajudar, Pa! – ela pediu, arfando. – Posso carregar um pouco.

– Ah, claro que sim – disse Pa, voltando seus olhos brilhando para ela. – Um homem com um importante trabalho a fazer sempre precisa de ajuda.

Pa muitas vezes dizia que não sabia como poderia se virar sem Laura. Ela o ajudou a construir a porta da casa de toras no território indígena. Agora, ajudou a carregar os galhos de salgueiro cheio de folhas e espalhá--los no abrigo. Depois, foi com ele até o estábulo.

As quatro paredes do estábulo eram feitas de torrões de terra, enquanto o telhado era de galhos de salgueiro e feno, com torrões por cima. A construção era tão baixa que Pa não conseguia ficar totalmente ereto lá dentro. No interior, havia uma manjedoura feita de varas de salgueiro e dois bois amarrados. Um era enorme e cinza, com chifres curtos e olhos gentis. O outro era menor, com um olhar selvagem e chifres compridos e ameaçadores. Seu pelo era castanho-avermelhado.

– Olá, Bright – Pa disse ao boi menor. – E como vai você, meu velho Pete? – ele perguntou ao boi maior, dando alguns tapinhas nele. – Procure ficar longe, Laura. Ainda não sabemos como eles se comportam. Agora vamos levar os dois para beber água.

Pa amarrou os animais pelos chifres e os tirou do estábulo. Eles o seguiram lentamente pelo declive, até um caminho plano que passava por juncos verdes e chegava à beirada do riacho. Laura seguia mais atrás, devagar. As pernas dos bois eram desajeitadas, e seus cascos se fendiam no meio. O focinho deles era largo e úmido.

Laura esperou do lado de fora do estábulo enquanto Pa amarrava os animais à manjedoura. Depois, acompanhou Pa até o abrigo.

– Pa – ela perguntou, baixinho –, Pet e Patty tinham mesmo que ir para o Oeste?

– Sim, Laura – ele respondeu.

– Ah, Pa – ela disse, com a voz trêmula. – Acho que não gosto muito dos bois...

Pa pegou a mão dela na sua, muito maior.

– Temos que fazer o melhor que podemos, Laura, sem reclamar. É melhor fazer o que deve ser feito com alegria. Um dia, teremos outros cavalos.

– Quando, Pa? – ela perguntou.

– Quando colhermos pela primeira vez o trigo que plantarmos – ele disse.

Os dois entraram no abrigo. Ma estava animada. Mary e Carrie já tinham se banhado e se penteado. Tudo estava arrumado, com as camas montadas sobre os galhos de salgueiro. A refeição estava pronta.

Depois de comer, todos se sentaram no caminho, diante da porta. Pa e Ma se sentaram sobre caixas. Carrie dormia no colo de Ma, e Mary e Laura se sentaram na beirada do declive, com as pernas dependuradas. Jack deu três voltas no lugar e, em seguida, se deitou com a cabeça no joelho de Laura.

Ficaram todos em silêncio, olhando para o riacho e os salgueiros, enquanto assistiam ao sol mergulhar no horizonte distante sobre a pradaria.

Finalmente, Ma inspirou profundamente.

– É tudo tão tranquilo e pacífico – ela disse. – Não teremos lobos uivando ou índios gritando esta noite. Nem sei quando foi a última vez que me senti assim, segura e calma.

A voz lenta de Pa respondeu:

– Estamos mesmo em segurança. Nada pode nos acontecer aqui.

As cores pacíficas se estendiam pela orla do céu. Os salgueiros balançavam suavemente, e a água sussurrava consigo mesma ao crepúsculo. A terra estava envolta em tons de cinza escuro, enquanto o céu, em um tom cinza claro, começava a ser pontilhado por estrelas.

– É hora de irmos para a cama – Ma disse. – E vamos fazer algo novo. Nunca dormimos em um abrigo antes.

Ela riu, e Pa também riu um pouco.

Laura deitou-se na cama, ouvindo a voz da água e os sussurros dos salgueiros. Ela preferia dormir ao ar livre, mesmo que ouvisse uivos de lobos, do que se sentir segura dentro daquela casa subterrânea.

Juncos e íris

Toda manhã, depois de lavar a louça, arrumar a cama e varrer o chão, Mary e Laura podiam sair para brincar.

As flores que adornavam a entrada estavam sempre frescas e vibrantes, emanando toda a vitalidade de suas folhas verdes. Ao longo do riacho, os pássaros se comunicavam. Às vezes, até cantavam, mas na maioria das vezes era uma conversa animada.

– Piu, piu. Pi-pi, piu, piu! – um dizia.

– Qui-qui-qui – outro dizia.

– Rá-rá-rá! – um terceiro ria.

Laura e Mary passavam por cima do abrigo e desciam pelo caminho pelo qual Pa havia levado os bois até a água.

Ali, ao longo do riacho, cresciam juncos e íris azuis. As flores pareciam se renovar a cada manhã, erguendo-se orgulhosas em um tom azul escuro por entre os juncos verdes.

Cada flor possuía três pétalas aveludadas, que se curvavam para baixo como o vestido de uma dama sobre o saiote. A partir da cintura, surgiam

À BEIRA DO RIACHO

três pétalas de seda com babados, curvando-se juntas. Quando Laura observava o interior das flores, via três línguas estreitas e pálidas, cada uma com uma faixa de penugem dourada.

Às vezes, uma abelha gorda, toda de veludo preto e dourado, gostava de se meter ali.

Ao longo da margem plana do riacho predominava uma lama macia e quente. Borboletinhas amarelo-claro e azul-claro voavam ao redor, pousando para se alimentar. Libélulas brilhantes passavam voando rápido, e suas asas pareciam um borrão. A lama escapava por entre os dedos de Laura. Onde ela e Mary pisavam, assim como os bois, formavam-se pequenas poças de água.

Quando entravam na água rasa, as pegadas não permaneciam por muito tempo. Primeiro, um redemoinho se formava, lembrando fumaça, e então se dissipava na água transparente. Em seguida, era como se a pegada derretesse lentamente. A marca dos dedões desaparecia e a do calcanhar se tornava apenas uma leve depressão.

Havia peixinhos na água, tão pequenos que mal eram visíveis. Quando passavam nadando depressa, às vezes suas barrigas prateadas refletiam a luz. Se Laura e Mary ficassem paradas, os peixinhos se reuniam em volta de seus pés e os beliscavam, causando cócegas.

Baratas-d'água deslizavam pela superfície do riacho. Tinham pernas compridas, e cada pata pressionava levemente a água. Era difícil vê-las, porque passavam tão depressa que já estavam em outro lugar antes que alguém percebesse.

Os juncos faziam um som selvagem e solitário ao vento. Não eram flexíveis e retos como as gramíneas; eram rígidos, curvados, untuosos e se dobravam. Um dia, quando Laura estava nadando numa parte mais profunda, ela se agarrou a um junco mais forte para se erguer até a margem, o que resultou em uma espécie de guincho.

Por um minuto, Laura mal conseguia respirar. Então ela puxou outro junco. Também guinchou e quebrou.

Os juncos eram tubinhos ocos e ficavam interligados. Eles emitiam um guincho quando eram separados e também quando puxados.

Laura e Mary os separavam para ouvir o barulhinho. Às vezes, elas juntavam os menores para fazer colares e os maiores para fazer tubos bem compridos. Em seguida, sopravam pelos tubos, fazendo a água borbulhar. Elas sopravam perto dos peixinhos para assustá-los. Sempre que estavam com sede, podiam tomar grandes goles de água através dos tubos.

Ma ria quando Laura e Mary chegavam para comer, sujas de lama, com colares verdes no pescoço e tubos verdes compridos nas mãos. Elas traziam buquês de íris, que Ma colocava na mesa para enfeitar o abrigo.

– Vocês duas brincam tanto no riacho que vão acabar virando baratas--d'água! – Ma dizia.

Ela e Pa não se importavam que as meninas brincassem no riacho. No entanto, elas não podiam subir a correnteza e passar do vale onde ficavam os salgueiros. Ali, o riacho fazia uma curva, para desviar de um buraco profundo de água escura. Laura e Mary nunca deviam chegar perto, nem mesmo só para olhar.

– Um dia levo vocês lá – Pa prometeu. E, finalmente, em um domingo à tarde, chegou o dia que ele havia mencionado.

Águas profundas

Ainda no abrigo, Laura e Mary trocaram suas roupas, colocando seus vestidos velhos e remendados. Ma colocou o chapéu, Pa pegou Carrie no colo e todos saíram.

Eles passaram pelo caminho dos bois e, pelos juncos, atravessaram o vale de salgueiros e as ameixeiras. Em seguida, enfrentaram uma descida íngreme e atravessaram uma planície coberta de gramíneas altas e ásperas. Mais adiante, depararam-se com um paredão de terra alto, quase a noventa graus do chão, onde nada crescia.

– O que é isso, Pa? – Laura perguntou.

– Um platô – ele respondeu.

Pa continuou avançando pelas gramíneas altas e densas, abrindo caminho para Ma, Mary e Laura. De repente, eles saíram do meio das gramíneas e depararam-se com o riacho.

O riacho corria sobre o cascalho branco, formando uma piscina larga e serpenteando ao longo de uma margem baixa, onde a grama era curta. Do outro lado, havia salgueiros altos. Na superfície da água, era possível ver a imagem cintilante das árvores, com suas folhas tremulando ao vento.

Ma sentou-se na margem, segurando Carrie, enquanto Laura e Mary entravam na água.

– Fiquem perto da beirada, meninas! – ela disse. – Não vão para o fundo.

A água entrava por baixo das saias e as fazia flutuar. Depois, com o tecido ensopado, elas se prendiam às pernas das meninas. Laura continuou indo mais para o fundo. A água foi subindo, alcançando quase sua cintura. Quando ela se agachou, a água chegou-lhe até o queixo.

Era tudo água, frio e insegurança. Laura sentia-se extremamente leve, a ponto de seus pés mal tocarem o fundo do riacho. Ela pulava e espirrava água com os braços.

– Ah, Laura, não! – pediu Mary.

– Não vá mais adiante, Laura – ordenou Ma.

Laura continuou a espirrar água, despreocupada. Um jato de água inesperado tirou seus dois pés do fundo. Suas pernas subiram, seus braços não obedeceram, e sua cabeça afundou na água. O medo tomou conta dela. Não havia nada onde pudesse se segurar, não via nada firme à vista. De repente, estava de pé novamente, com água escorrendo de seu corpo. Seus pés estavam firmemente plantados no chão.

Ninguém tinha visto. Mary estava ajeitando sua saia, Ma brincava com Carrie, e Pa estava entre os salgueiros, fora do campo de visão de Laura. Ela continuou caminhando o mais rápido que pôde na água, adentrando cada vez mais para o fundo. A água ultrapassou sua cintura e chegou aos ombros.

De repente, lá no fundo, algo agarrou seu pé.

Laura sentiu o puxão e foi arrastada para as profundezas. Ela não conseguia respirar, não conseguia enxergar. Tentava agarrar qualquer coisa que fosse, mas não conseguia. Seus ouvidos, seus olhos e sua boca se encheram de água.

À BEIRA DO RIACHO

De repente, a cabeça dela emergiu na superfície, perto da cabeça de Pa. Ele a estava segurando.

– Muito bem, mocinha – ele disse. – Você foi para o fundo. E o que achou?

Laura não conseguia falar, precisava recuperar o fôlego.

– Você ouviu Ma dizendo para ficar perto da margem – Pa continuou. – Por que não a obedeceu? Merecia passar um susto, e eu providenciei um. Da próxima vez, vai fazer o que lhe for mandado.

– S-sim, Pa! – Laura soltou. – Ah, Pa, faça de novo, por favor!

– Mas veja só! – Pa disse, e sua risada ecoou entre os salgueiros. – Por que não gritou quando puxei você? Não ficou com medo?

– F-fiquei morrendo de medo! – ela conseguiu dizer. – Mas, p-por favor, faça de novo! – Em seguida, Laura perguntou: – Como conseguiu chegar até lá no fundo?

Pa explicou que ele havia nadado por baixo da água desde os salgueiros até o local onde estavam. No entanto, eles não podiam ficar ali, na parte mais funda do riacho. Deviam voltar para a margem e brincar com Mary.

Ele, Laura e Mary brincaram na água durante a tarde toda. Nadaram e fizeram guerrinhas de água, e sempre que Laura ou Mary se aproximavam da parte mais funda, Pa as afundava na água. Mary passou a se comportar depois de uma única vez, mas Laura levou vários banhos.

De repente, estava quase na hora de realizar as tarefas do dia, então eles precisaram voltar para casa. Caminharam de volta, pingando, pelo caminho entre as gramíneas altas. Quando passaram pelo platô, Laura expressou o desejo de subir nele.

Pa subiu um pouco, e Laura e Mary o seguiram, de mãos dadas. A terra seca era escorregadia, com raízes emaranhadas pendendo da borda lá em cima. Pa ergueu Laura e a colocou sobre o platô.

LAURA INGALLS WILDER

Parecia uma mesa, com a terra se elevando acima das gramíneas. O topo era redondo e plano, com grama baixa e macia.

Pa, Laura e Mary ficaram de pé no platô, observando a vegetação e a água para além da pradaria. Olharam para todo o terreno, que se estendia até o limite do céu.

Então, desceram e foram para casa. Tinha sido uma tarde maravilhosa.

– Foi muito divertido – Pa disse. – Mas se lembrem do que eu disse, meninas. Nunca se aproximem da parte mais funda se eu não estiver com vocês.

Um estranho animal

Laura ficou relembrando tudo no dia seguinte. Ela pensou na água fresca e profunda, na sombra dos salgueiros altos, e lembrou que não deveria se aproximar daquele lugar.

Pa estava fora. Mary estava em casa com Ma. Laura brincava sozinha sob o sol escaldante. As íris murchavam entre os juncos sem vida. Ela atravessou o vale dos salgueiros e foi brincar nas gramíneas da pradaria, entre as margaridas amarelas e os solidagos. O sol estava muito quente e o vento soprava forte.

Então, Laura pensou no platô. Ela queria subir lá novamente. Perguntou-se se conseguiria fazê-lo sozinha. Pa não tinha dito que ela não poderia ir até lá.

Ela desceu correndo o caminho íngreme e chegou à planície, com suas gramíneas altas e ásperas. O platô erguia-se ali, imponente e alto. Foi muito difícil subir. A terra seca fazia os pés de Laura escorregarem, e ela sujou seu vestido ao ficar de joelhos e agarrar às raízes para conseguir se içar.

A poeira grudou em sua pele suada. Finalmente, sua barriga encostou na borda. Laura rolou e chegou ao topo do platô.

Pondo-se de pé, Laura avistou a piscina profunda à sombra dos salgueiros. Para sua pele sedenta, a piscina parecia fresca e convidativa. Mas ela se lembrou de que não deveria ir lá.

O platô parecia grande, vazio e desinteressante. Tinha sido agradável com a presença de Pa, mas agora parecia só uma extensão de terra plana. Laura concluiu que seria melhor voltar para casa e beber água, pois estava com muita sede.

Ela escorregou pela lateral do platô e começou a voltar pelo mesmo caminho pelo qual havia vindo, lentamente. Lá embaixo, entre as gramíneas altas, o ar estava quente e abafado. A casa parecia longe, e Laura estava desesperada de sede.

Ela precisou usar todas as suas forças para se lembrar de que não podia sequer se aproximar da piscina profunda e sombreada. Então, de repente, Laura se virou e correu na direção a ela. Pensou em só dar apenas uma olhada. Já seria o bastante para se sentir melhor. Em seguida, pensou em entrar na beirada, mantendo-se longe das águas profundas.

Laura se aproximou pelo caminho que Pa havia aberto, trotando cada vez mais rápido.

Bem no meio do caminho, deparou-se com um animal.

A menina deu um pulo para trás e ficou olhando para aquela criatura. Nunca tinha visto algo parecido antes. O animal era quase tão comprido quanto Jack, mas tinha pernas bem curtas. Seu pelo cinza e comprido estava todo eriçado. Tinha uma cabeça chata e orelhas pequenas. A cabeça inclinou-se lentamente para o lado enquanto olhava fixamente para Laura.

Ela continuou encarando o rosto estranho do bicho. Enquanto os dois permaneciam imóveis, encarando-se, o animal começou a se esticar e encolher, estendendo-se no chão. Tornou-se cada vez mais chato, até parecer

À BEIRA DO RIACHO

um tapete de pele cinza estendido ali. Se não fossem por seus olhos, nem lembraria um animal.

Devagar e com cuidado, Laura se abaixou para pegar um galho de salgueiro. Ao segurá-lo, sentiu-se melhor na mesma hora. Ela permaneceu inclinada, observando a pele cinza esticada do animal.

O animal não se moveu, tampouco Laura. Ela se questionou o que aconteceria se o cutucasse. Talvez ele assumisse outra forma. Com cuidado, Laura cutucou o animal com o galho curto.

Subitamente, um rosnado assustador ecoou. Os olhos do animal brilharam furiosos, e dentes assustadores se fecharam perto do nariz de Laura.

Ela correu o mais rápido que pôde, determinada a alcançar o abrigo. Era rápida. Só parou quando chegou ao abrigo.

– Meu Deus, Laura! – Ma exclamou preocupada. – Vai ficar doente correndo assim nesse calor.

Mary, por sua vez, tinha passado todo esse tempo sentada como uma dama, dedicada a soletrar as palavras do livro com o qual Ma a estava ensinando a ler. Mary era uma boa menina.

Laura sabia que havia se comportado mal. Tinha quebrado a promessa que havia feito a Pa. No entanto, ninguém havia visto o que ela fizera. Ninguém sabia que ela tinha se decidido a ir até a piscina. Se Laura não contasse, ninguém ficaria sabendo. Apenas o estranho animal sabia, mas não tinha como entregá-la. No entanto, ela se sentia cada vez pior.

Naquela noite, Laura ficou acordada ao lado de Mary. Pa e Ma estavam sentados do lado de fora, sob a luz das estrelas, enquanto ele tocava a rabeca.

– Durma, Laura – Ma disse, tranquilizando-a, enquanto a rabeca cantava melodiosamente. Pa era apenas uma sombra contra o céu, e seu arco dançava entre as estrelas.

Tudo era lindo e bom, exceto por Laura. Ela tinha quebrado sua promessa a Pa, e, para ela, quebrar uma promessa era algo tão ruim quanto contar uma mentira. Laura desejava profundamente não ter feito aquilo. No entanto, tinha feito, e se Pa descobrisse certamente a puniria.

Pa continuou tocando sua rabeca sob o brilho das estrelas. A música era doce e alegre aos ouvidos de Laura. Pa acreditava que ela era uma boa menina. No entanto, chegou um momento em que Laura não conseguiu suportar mais a culpa.

Ela saiu da cama, e seus pés descalços tocaram o chão frio de terra. Vestida apenas com sua camisola e touca de dormir, Laura se aproximou de Pa. Ele tirou as últimas notas do instrumento, deslizando o arco pelas cordas. Embora não pudesse vê-lo, Laura sabia que ele sorria para ela.

– O que houve, pequena? – Pa perguntou. – Você parece um fantasma, toda de branco na escuridão.

– Pa – Laura disse, com a voz baixa e trêmula. – E-eu comecei a ir em direção à piscina.

– É mesmo? – Pa se surpreendeu. Em seguida, perguntou: – E o que impediu você?

– Não sei – Laura sussurrou. – Havia um animal com pelos cinzentos e... ele se achatou na terra. Também rosnou para mim.

– Que tamanho tinha esse animal? – Pa perguntou.

Laura descreveu o estranho animal.

– Deve ter sido um texugo – Pa disse.

Por um longo tempo, ele não falou mais nada, e Laura apenas esperou. Ela não conseguia ver o rosto de Pa no escuro, mas se apoiou em seu joelho e sentiu toda a sua força e bondade.

– Bom – Pa finalmente disse –, não tenho certeza do que fazer, Laura. Confiei em você, entende? É difícil saber como lidar com uma pessoa em quem não se pode confiar. Sabe o que geralmente se faz nessa situação?

– O quê? – perguntou Laura, trêmula.

À BEIRA DO RIACHO

– É preciso ficar de olho na pessoa – Pa disse. – Então acho que Ma vai ter de ficar de olho em você, enquanto eu estiver trabalhando no Nelson. Amanhã, você vai ter que ficar em casa, para que ela não te perca de vista. Não poderá se distanciar em nenhum momento do dia. Caso se comporte bem o dia todo, podemos deixar que volte a tentar ser uma menininha confiável. – Ele se virou para Ma. – O que acha, Caroline?

– Combinado, Charles – Ma disse, no escuro. – Vou ficar de olho em Laura amanhã. Mas tenho certeza de que ela vai se comportar. Agora volte para a cama e durma, Laura.

O dia seguinte foi muito chato.

Laura teve que ficar dentro de casa enquanto Ma costurava. Não podia nem ir buscar água na nascente, porque assim Ma a perderia de vista. Quem pegava a água era Mary, que também levou Carrie para dar uma volta na pradaria. Laura teve que ficar do lado de dentro.

Jack enfiava o nariz entre as patas e balançava o rabo, pulava sobre o caminho e olhava para Laura, sorrindo até as orelhas, implorando para que Laura saísse. Ele não entendia por que ela não o fazia.

Laura ajudou Ma. Lavou a louça, arrumou as duas camas, varreu o chão e colocou a mesa. No almoço, sentou-se com as costas curvadas no banco e comeu o que Ma pôs à sua frente. Depois lavou a louça. Em seguida, rasgou um lençol velho ao meio. Ma virou as duas partes e as prendeu juntas com alfinete. Laura costurou tudo com pontinhos minúsculos.

Parecia que a costura e o dia nunca acabariam.

Finalmente, Ma deixou a costura de lado e disse que era hora de preparar o jantar.

– Você foi uma boa menina, Laura – Ma disse. – Vamos dizer isso a Pa. Amanhã de manhã você vai procurar pelo texugo. Tenho certeza de que ele salvou você de um afogamento, porque se tivesse chegado até a água teria entrado. Quando se faz algo de errado, é mais fácil continuar fazendo. Até que algo terrível aconteça.

– Sim, Ma – Laura disse. Agora ela sabia disso.

O dia inteiro tinha se passado. Laura não havia visto o pôr do sol nem as sombras das nuvens sobre a pradaria. As glórias-da-manhã estavam murchas e as íris, mortas. Ela não tinha visto a água do riacho correndo, os peixinhos nele, as baratas-d'água na superfície. Tinha certeza de que ser boa não devia ser tão difícil quanto ser vigiada de perto.

No dia seguinte, Laura foi com Ma procurar pelo texugo. Ela mostrou o ponto no caminho em que ele havia se esticado sobre a grama. Ma encontrou a toca em que o bicho vivia. Era um buraco redondo sob uma cortina de grama à beira da pradaria. Laura o chamou e enfiou um graveto no buraco.

Se o texugo estava em casa, ele não quis sair. Laura não voltou a vê-lo.

Coroa de rosas

Na pradaria, mais além do estábulo, havia uma pedra grande e cinza. Ela se erguia acima das gramíneas e das flores selvagens balançando. Seu topo era plano e quase liso, tão largo que Laura e Mary podiam correr de um lado a outro, e tão comprido que podiam apostar corrida. Era um lugar maravilhoso para brincar.

Líquens cinza-esverdeados cresciam na pedra. Formigas a cruzavam em seu caminho. Com frequência, uma borboleta parava e descansava ali. Laura ficava observando as asas aveludadas se abrindo e fechando lentamente, como se fosse assim que as borboletas respirassem. Ela notava as patinhas na pedra, as antenas tremulando, os olhos redondos e sem pálpebras.

Laura nunca tentou pegar uma borboleta. Sabia que suas asas estavam cobertas de escamas minúsculas demais para serem vistas. Qualquer toque as arrancaria e machucaria a borboleta.

O sol brilhava intensamente sobre a pedra cinza. Ele iluminava as gramíneas que balançavam, os pássaros e as borboletas. Sempre havia brisa ali, quente e perfumada, por causa da vegetação. Ao longe, perto do ponto onde o céu encontrava a terra, figuras escuras e pequenas se moviam na pradaria. Era o gado pastando.

Laura e Mary nunca brincavam na pedra cinza pela manhã, tampouco permaneciam lá quando o sol estava se pondo, porque era o caminho pelo qual o gado passava logo cedo e ao fim da tarde.

Os animais seguiam em rebanho, pisoteando tudo com seus cascos e chifres pontiagudos. Quem os tocava era Johnny Johnson, que seguia logo atrás deles. Ele tinha o rosto redondo e vermelho, olhos azuis e cabelo loiro quase branco. Ele sorria, mas não dizia nada. Não havia motivo para isso, pois ele não conhecia nenhuma palavra que Laura e Mary conhecessem.

Em uma tarde, Pa chamou Laura e Mary do riacho. Ele iria até a pedra grande para ver Johnny Johnson trazendo o gado de volta, e elas podiam ir junto.

Laura pulou de alegria. Ela nunca tinha chegado perto de um rebanho bovino antes e não ficaria com medo com Pa por perto. Mary seguiu devagar, mantendo-se ao lado de Pa.

O gado já estava bem perto. Seus mugidos ficavam cada vez mais altos. Os chifres em suas cabeças eram visíveis, e uma nuvem de poeira dourada se erguia ao redor deles.

– Aí vêm eles – Pa disse. – Subam depressa! – Ele ajudou Mary e Laura a subirem na pedra grande, e depois ficaram todos observando o rebanho.

Lombos avermelhados, castanhos, pretos, brancos e malhados passavam. Olhos se reviravam e línguas passavam nos narizes chatos. Cabeças se inclinavam, perversamente, golpeando com os chifres afiados. Laura e Mary estavam a salvo, no alto da pedra cinza, enquanto Pa vigiava tudo de baixo dela.

Quase todos os animais já tinham passado quando Laura e Mary notaram a vaca mais linda que já tinham visto.

Era uma vaca branca e pequena. Tinha os pelos das orelhas castanho-avermelhados e uma mancha no meio da testa, da mesma cor. Seus chifres pequenos e brancos se curvavam para dentro, como se apontassem para ela. No meio de um dos lados do corpo, bem no meio, havia um círculo perfeito de manchas, do tamanho de rosas.

Até mesmo Mary ficou pulando no lugar.

– Ah, olha! Olha! – Laura gritou. – Está vendo a vaca com uma coroa de rosas, Pa?

Ele riu. Estava ajudando Johnny Johnson a separar aquela vaca das outras. Então, gritou para as meninas:

– Venham! Me ajudem a levá-la para o estábulo!

Laura pulou da pedra e correu para ajudá-lo, gritando:

– Por quê, Pa, por quê? Ah, vamos ficar com ela?

Depois que a pequena vaca branca estava dentro do estábulo, Pa respondeu:

– Porque é a nossa vaca!

Laura se virou e correu o mais rápido que pôde. Desceu pelo caminho e correu para o abrigo, gritando:

– Ah, Ma, Ma! Vem ver a vaca! Temos uma vaca! Ah, Ma, é a mais linda de todas!

Ma pegou Carrie no colo e saiu para ver.

– Charles! – ela disse.

– É nossa, Caroline – Pa disse. – O que achou?

– Mas Charles! – Ma insistiu.

– Consegui com o Nelson – Pa disse a ela. – Estou pagando com trabalho. Ele precisa de ajuda, com o feno e a colheita. Olha só pra ela. É uma boa vaquinha leiteira. Agora vamos ter leite e manteiga, Caroline.

– Ah, Charles! – disse Ma.

Laura não esperou para ouvir mais. Virou-se e saiu correndo de novo, o mais rápido que podia, pelo caminho até o abrigo. Então pegou a caneca de lata da mesa e voltou depressa.

Pa amarrou a bela vaca branca em sua baia, ao lado de Pete e Bright. Ela ficou ali quietinha, ruminando. Laura se agachou ao lado do animal e, segurando sua caneca com cuidado em uma mão, segurou uma teta com a outra mão e a apertou, como tinha visto Pa fazer ao ordenhar. De fato, um jato de leite branco jorrou direto para a caneca.

– Minha nossa! O que a menina está fazendo? – Ma exclamou.

– Estou ordenhando a vaca, Ma – disse Laura.

– Ah, não – Ma disse, depressa. – Ela vai te dar um coice.

A vaca apenas virou a cabeça e olhou para Laura, com uma expressão gentil. Parecia surpresa, mas não a atacou.

– Sempre ordenhe uma vaca do lado direito, Laura – disse Ma.

– Olha só para a pequena! – Pa disse apenas. – Quem foi que ensinou você a ordenhar?

Ninguém tinha ensinado. Ela sabia como ordenhar uma vaca porque tinha visto Pa fazer aquilo. Agora todos a observavam. Um jato após o outro tinia contra a lata, fazendo a espuma subir quase até a borda.

Pa, Ma, Mary e Laura tomaram um belo gole daquele leite quentinho e delicioso, e o que restou ficou para Carrie. A sensação era boa, e todos ficaram olhando para aquela bela vaca.

– Qual é o nome dela? – Ma perguntou.

A risada de Pa ecoou pelo estábulo.

– O nome dela é Corroa – ele disse.

– Corroa? – repetiu Ma. – Que nome estranho é esse?

– Os Nelson a chamavam por um nome em norueguês – disse Pa. – Quando perguntei a respeito, a sra. Nelson explicou que significava corroa.

– E o que é uma corroa? – Ma perguntou a ele.

– Foi o que perguntei à sra. Nelson – Pa contou. – Ela só dizia "corroa", e devo ter parecido tão tolo quanto me sentia, porque ela finalmente explicou: "Como em uma corroa de flores".

À BEIRA DO RIACHO

– Uma coroa! – Laura gritou. – Uma coroa de flores!

Todos riram até não aguentar mais.

– É muito interessante – Pa disse. – Em Wisconsin, vivíamos rodeados por suecos e alemães. No território indígena, vivíamos rodeados de índios. Aqui, em Minnesota, todos os nossos vizinhos são noruegueses. E são bons vizinhos. Mas acho que não tem muita gente como a gente.

– Bem – Ma disse –, não vamos chamar a vaca de Corroa nem de Coroa de Rosas. O nome dela agora é Mancha.

Um boi no telhado

Agora Laura e Mary tinham uma tarefa só delas.

Toda manhã, antes de o sol nascer, elas precisavam levar Mancha até a pedra grande e cinza para encontrar o restante do rebanho, de modo que Johnny pudesse levá-la junto para pastar durante o dia. Toda tarde, elas precisavam se lembrar de ir buscá-la para depois levá-la ao estábulo.

Logo cedo, elas corriam pela grama fresca do orvalho, que espirrava em seus pés e sujava a barra do vestido. Gostavam de bater os pés descalços na grama molhada. Também gostavam de ver o sol nascer nos limites do mundo.

A princípio, tudo parecia cinza ou imóvel. O céu, a grama e a luz eram cinzas, e o vento parecia prender o fôlego.

Então, listras verdes e nítidas surgiam no céu a leste. Se havia uma nuvem no céu, logo ficava cor-de-rosa. Laura e Mary ficavam sentadas sobre a pedra fria e úmida, abraçadas às pernas geladas. Apoiavam o queixo nos joelhos e assistiam a tudo. Jack também, sentado na grama logo abaixo. Mas elas nunca distinguiam o momento exato em que o céu começava a ficar cor-de-rosa.

À BEIRA DO RIACHO

Ele ficava vagamente rosado, depois assumia um tom mais forte, e a cor ia subindo cada vez mais alto. Ficava mais vívida e mais profunda. Queimava como fogo, e de repente uma pequena nuvem cintilava em dourado. Em meio àquela cor resplandecente, nos limites da terra, uma lasquinha de sol surgia. Um raio curto de fogo branco. De repente, o sol todo despontava, redondo, enorme, muito maior do que o sol comum, pulsando com muito mais luz, a ponto de explodir.

Laura não conseguia evitar piscar. Enquanto o fazia, uma única vez, o céu de repente ficava azul, e todo o dourado desaparecia. O sol comum banhava as gramíneas da pradaria, enquanto milhares de pássaros levantavam voo, piando.

Ao fim do dia, quando o gado voltava para casa, Laura e Mary sempre corriam rapidamente para subir na pedra grande antes que a multidão de cabeças, chifres e pernas pesadas chegassem.

Pa estava trabalhando para o sr. Nelson, e Pete e Bright ficavam ociosos. Ambos iam com Mancha e o restante do gado pastar. Laura não tinha medo da vaca branca, que era gentil, mas Pete e Bright eram tão grandes que assustariam qualquer um.

Uma noite, o rebanho estava furioso. Chegou berrando e pisoteando, e não passou direto pela pedra grande. Os bois correram em volta dela, brigando. Seus olhos giravam, seus chifres lanceavam e golpeavam. Seus cascos levantavam uma nuvem de poeira, e o choque dos chifres era assustador.

Mary ficou tão assustada que nem conseguia se mover. Laura também ficou apavorada, mas pulou da pedra. Ela sabia que precisava levar Mancha, Pete e Bright para o estábulo.

A poeira continuou subindo. Os bois pisavam forte e berravam, seus chifres golpeavam. Johnny ajudou a levar Pete, Bright e Mancha para o estábulo. Jack também ajudou, rosnando para os animais, enquanto Laura corria e gritava atrás deles. Com uma vara comprida, Johnny afastou o rebanho.

Mancha entrou no estábulo. Em seguida, Bright também entrou. Pete já estava entrando, então, o medo de Laura havia passado quando, de repente, ele deu meia-volta. Pete apontou os chifres, ergueu o rabo e galopou atrás do rebanho.

Laura correu para se colocar à frente dele. Ela acenou com os braços e gritou. O boi berrou e seguiu retumbante em direção à margem do riacho.

A menina correu o máximo que pôde para se colocar novamente na frente de Pete, mas suas pernas eram curtas e as dele eram compridas. Jack também corria o mais rápido possível, o que só tornava as passadas de Pete ainda mais largas.

O boi pulou em cima do abrigo. Laura viu sua pata traseira entrando pelo telhado. Ela o viu se sentar ali. Aquele animal enorme ia cair sobre Ma e Carrie, e a culpa seria de Laura, por não tê-lo impedido.

Ele se levantou e puxou a perna. Laura parou de correr. Estava à frente de Pete agora, assim como Jack.

Os dois conduziram Pete até o estábulo, e Laura fechou a porta. O corpo inteiro dela tremia, suas pernas estavam fracas. Seus joelhos batiam um no outro.

Ma veio correndo pelo caminho, carregando Carrie. Nada de ruim havia acontecido. Só havia um buraco no teto, por onde a perna de Pete tinha entrado e saído. Ma contou que havia ficado muito assustada ao ver aquilo.

– Mas não houve maiores danos – disse ela.

Ma preencheu o buraco de grama e varreu a terra que havia entrado pelo buraco. Em seguida, riu com Laura, pois era engraçado morar em uma casa cujo telhado podia ser pisoteado por um boi. Era como se fossem coelhos.

Na manhã seguinte, enquanto lavava a louça, Laura viu pequenos pedaços pretos descendo pela parede caiada. Era terra. Ela levantou os olhos para identificar de onde vinham e saiu correndo de casa num pulo, mais rápida do que um coelho. Uma pedra grande tinha caído e espatifado o telhado.

À BEIRA DO RIACHO

O sol brilhava sobre a casa, e o ar estava carregado de poeira. Ma, Mary e Laura tossiam e espirravam, olhando para o céu, onde o telhado deveria estar. Carrie espirrava no colo de Ma. Jack chegou correndo e, quando viu aquilo tudo, rosnou. Depois espirrou.

– Bem, está resolvido – disse Ma.

– O quê? – perguntou Laura, pensando que a mãe estava falando sobre a poeira.

– Pa vai ter que consertar o telhado amanhã – respondeu Ma.

Elas conseguiram remover a pedra, a terra e a palha que haviam caído. Ma varreu repetidamente o abrigo, usando uma vassoura feita de ramos de salgueiro.

Naquela noite, eles dormiram em casa, mas sob o céu estrelado. Aquilo nunca tinha acontecido antes.

No dia seguinte, Pa teve que ficar em casa para reconstruir o telhado. Laura o ajudou carregando galhos frescos de salgueiro e passando-os para ele, que os colocava no lugar. Eles cobriram tudo com camadas grossas de grama fresca, depois terra. Por cima, Pa colocou blocos de torrões de pradaria.

Ele encaixou os blocos muito bem, e Laura o ajudou a assentá-los.

– Nunca se vai saber que a grama foi movida daqui – Pa disse. – Em alguns dias, não haverá diferença entre nosso telhado novo e a pradaria.

Pa não repreendeu Laura por ter deixado Pete escapar.

– Um boi daquele tamanho não deveria ficar passeando em cima do nosso telhado! – foi tudo o que ele disse.

O monte de palha

Depois da colheita do sr. Nelson, Mancha estava paga, e Pa podia começar a plantar. Afiou a foice comprida e perigosa em que menininhas nunca deviam tocar e cortou o trigo da pequena plantação além do estábulo. Em seguida, amarrou-o em fardos e empilhou-os.

Toda as manhãs, Pa ia trabalhar na terra plana do outro lado do riacho. Ele cortava as gramíneas e as deixava secar ao sol. Depois formava montes com elas, usando um ancinho de madeira. Pa atrelou Pete e Bright à carroça, puxou o feno e fez seis pilhas grandes ali.

À noite, estava sempre cansado demais para tocar a rabeca. Mas ficava feliz porque o feno tinha sido recolhido e ele poderia arar a terra para o novo campo de trigo.

Uma manhã, ao nascer do dia, três desconhecidos chegaram com uma debulhadora. A máquina separou os grãos de milho de Pa. Laura ouvia o barulho pesado enquanto levava Mancha pela grama orvalhada. Quando o sol terminou de se levantar, um palhiço dourado voava ao vento.

À BEIRA DO RIACHO

Quando o trabalho estava concluído, os homens foram embora com a máquina, antes mesmo do café da manhã. Pa comentou que gostaria que Hanson tivesse plantado mais trigo.

– Mas é o bastante para fazer um pouco de farinha – ele disse. – E a palha e o feno que cortei vão alimentar os animais durante o inverno. No ano que vem, teremos uma colheita muito maior!

Quando Laura e Mary foram brincar na pradaria naquela manhã, a primeira coisa que viram foi um lindo monte de palha dourada.

Era alto e brilhava ao sol. O cheiro era mais doce do que o de feno.

Os pés de Laura escorregavam na palha lisa, mas ela era rápida o suficiente para conseguir subir. Em questão de minutos, estava no topo do monte.

Ela avistava a copa dos salgueiros e o riacho mais adiante. Também tinha uma visão completa da extensão da pradaria. Estava elevada no céu, quase tão alta quanto os pássaros. Seus braços balançavam e seus pés pulavam na palha elástica. Lá em cima, no meio do vento, era quase como se estivesse voando.

– Estou voando! Estou voando! – Laura gritou para Mary, que logo estava ao seu lado.

– Pula! Pula! – Laura disse. As duas ficaram de mãos dadas e pularam no lugar, cada vez mais alto. O vento soprava, fazendo a saia de ambas chicotear e as toucas caírem da cabeça e ficarem penduradas pelo laço no pescoço.

– Mais alto! Mais alto! – Laura cantarolava, pulando. De repente, a palha sob seus pés deslizou. Ela caiu da beirada e escorregou sentada pela palha, ganhando velocidade. *Tum!* Laura aterrissou no chão. *Tum!* Mary aterrissou em cima dela.

As duas rolaram e riram sobre a palha crepitante. Em seguida, voltaram a subir no monte e escorregar. Nunca tinham se divertido tanto.

Mary e Laura subiram e escorregaram, subiram e escorregaram, até que aquilo não era mais um monte, apenas palha solta.

As meninas ficaram muito sérias. Pa tinha feito um monte de palha, mas agora estava tudo muito diferente de como ele havia deixado. Laura olhou para Mary, e Mary olhou para Laura, e então elas olharam para o que restava do monte. Mary disse que ia voltar para casa, e Laura foi com ela, em silêncio. As duas foram muito boazinhas, ajudando Ma e brincando com Carrie até que Pa chegasse para comer.

Quando ele entrou, olhou direto para Laura, que olhou para o chão.

– Não quero que escorreguem mais do monte – Pa disse. – Tive de interromper o trabalho para juntar toda a palha de novo.

– Não vamos mais fazer isso, Pa – Laura disse, e estava sendo sincera.

– Não mesmo, Pa – acrescentou Mary.

Depois do almoço, Mary lavou a louça e Laura a secou. Depois, elas colocaram suas toucas e seguiram pelo caminho da pradaria. O monte de palha brilhava dourado sob o sol.

– Laura! O que está fazendo? – perguntou Mary.

– Não estou fazendo nada! – Laura disse. – Mal estou tocando!

– Venha já aqui, ou vou contar à Ma! – ameaçou Mary.

– Pa não falou que eu não podia sentir o cheiro – disse Laura.

Ela se aproximou do monte dourado e inspirou profundamente algumas vezes. A palha estava quente por causa do sol. O cheiro era melhor do que o dos grãos de trigo. Laura afundou o rosto nela, fechando os olhos para sentir cada vez mais o aroma.

– Hummm! – Laura exclamou.

Mary se aproximou e também cheirou.

– Hummm! – ela fez.

Laura olhou para o monte dourado de palha. Nunca tinha visto um céu tão azul quanto o que estava acima daquele ouro todo. Não podia ficar no chão. Tinha que subir para o céu azul.

À BEIRA DO RIACHO

– Laura! – Mary exclamou. – Pa disse para você não fazer isso!

Mas Laura já estava subindo.

– Não foi isso que ele falou – ela contestou. – Pa não disse para não subir. Ele disse para não escorregar. E eu só estou subindo.

– Pode descer, agora mesmo – Mary disse.

Laura já estava no topo do monte. Ela olhou para Mary lá embaixo e disse, como uma boa menininha:

– Não vou escorregar. Pa disse para não fazer isso.

Acima dela, não havia nada além do céu azul. O vento soprava. A vasta pradaria verde se estendia diante dela. Laura abriu os braços e pulou. A palha a projetou ainda mais para o alto.

– Estou voando! Estou voando! – ela cantou. Mary subiu também e começou a voar.

Elas pularam até não conseguirem alcançar maior altura e então se deixaram cair sobre a macia e quente cama de palha. A palha ficou mais protuberante em volta de Laura. Ela rolou por cima para aplainar, mas a palha se levantou em outro lugar. Laura rolou por cima da nova protuberância e continuou a rolar, cada vez mais rápido, incapaz de parar.

– Laura! – Mary gritou. – Pa disse…

Mas Laura continuou rolando. Rolando, rolando e rolando sobre o monte, até cair sobre a palha no chão.

Ela se levantou e rapidamente subiu de volta, deitando-se e começando a rolar de novo.

– Vamos, Mary – Laura gritou. – Pa não disse que não podíamos rolar!

Mary ficou no topo do monte e argumentou:

– Eu sei que Pa não disse que não podíamos rolar, mas…

– Então! – Laura rolou até lá embaixo. – Venha! – ela chamou Mary. – É muito divertido!

Era realmente muito divertido. Mais divertido do que escorregar. As duas subiam e rolavam, subiam e rolavam, e suas risadas se tornavam cada vez mais intensas. Mais e mais palha rolava com as meninas, enquanto elas mergulhavam, rolavam, subiam e voltavam a rolar, até que não havia quase mais nada a escalar.

Então, Laura e Mary espanaram toda a palha de seus vestidos, tiraram todos os resquícios de palha de seus cabelos e foram para casa em silêncio.

Quando Pa voltou do campo de feno naquela noite, Mary estava ocupada arrumando a mesa para o jantar. Laura estava atrás da porta, mexendo na caixa de bonecas de papel.

– Laura – Pa disse, em um tom assustador –, venha aqui.

A menina saiu lentamente de trás da porta.

– Venha aqui e fique ao lado de Mary – ele completou.

Pa sentou diante das duas, que estavam lado a lado, mas olhou apenas para Laura.

– Vocês voltaram a escorregar pelo monte de palha – ele disse com severidade.

– Não, Pa – Laura disse.

– Mary! Vocês duas voltaram a escorregar pelo monte de palha? – ele perguntou.

– N-não, Pa – Mary respondeu.

– Laura! – Sua voz era ameaçadora. – Vou perguntar mais uma vez: VOCÊS VOLTARAM A ESCORREGAR PELO MONTE DE PALHA?

– Não, Pa – Laura respondeu. Ela olhava diretamente nos olhos chocados de Pa. Não sabia por que ele estava agindo daquele jeito.

– Laura! – Pa disse.

– Não escorregamos, Pa – Laura explicou. – Só rolamos por ele.

Pa se levantou depressa, foi até a porta e olhou para fora. Suas costas tremiam. Laura e Mary não sabiam o que pensar.

Quando ele se virou para elas, seu rosto estava severo, mas seus olhos brilhavam.

À BEIRA DO RIACHO

– Muito bem, Laura – ele disse. – Mas agora quero que vocês fiquem longe do monte de palha. Pete, Bright e Mancha só vão ter feno e palha para comer neste inverno. E eles vão precisar de tudo o que houver. Vocês não querem que passem fome, não é?

– Não, Pa, não! – elas disseram em coro.

– Ótimo, para que a palha esteja apropriada para a alimentação deles, TEM QUE FICAR AMONTOADA. Entenderam?

– Sim, Pa – disseram Laura e Mary.

E assim terminaram as brincadeiras no monte de palha.

Estação dos gafanhotos

As ameixas amadureciam nos arbustos ao longo do riacho. Eram arbustos baixos, que cresciam próximos uns dos outros, com galhos pequenos e desgrenhados, todos repletos de frutas suculentas de casca fina. O ar ao redor era doce e sonolento, com o zumbido de asas de insetos.

Pa estava arando toda a terra ao longo do riacho, onde ele havia cortado o feno. Antes do nascer do sol, quando Laura levava Mancha para se reunir com o restante do gado na pedra cinza, Pete e Bright já não estavam no estábulo. Pa os atrelava ao arado e os levava para o campo.

Depois de Laura e Mary lavarem a louça, pegavam baldes de lata e saíam para colher ameixas. De cima da casa, conseguiam avistar Pa trabalhando. Os bois, o arado e ele arrastavam-se lentamente por uma curva na pradaria. Pareciam muito pequenos e levantavam uma leve nuvem de poeira.

A cada dia, a área de terra arada, com sua cor marrom-escuro e textura aveludada, aumentava. Engolia o campo com restolho entre tons prateados e dourados além das pilhas de feno. Espalhava-se pelas pradaria em ondas.

À BEIRA DO RIACHO

Seria uma plantação bem grande e um dia, quando Pa colhesse o trigo, ele, Ma, Laura e Mary poderiam ter tudo o que pudessem imaginar.

Poderiam ter uma casa, cavalos e doces todos os dias, após a colheita. Laura atravessou as gramíneas altas em direção às ameixeiras próximas ao riacho. Sua touca estava pendurada nas costas, enquanto ela balançava os baldes de lata. A grama estava bem amarela agora e dezenas de pequenos gafanhotos saltavam para longe dos pés de Laura em movimento. Mary vinha logo atrás, seguindo o mesmo caminho, com a touca na cabeça.

Quando chegaram a uma ameixeira, colocaram os baldes maiores no chão. Enchiam baldes pequenos de ameixa e os esvaziavam nos grandes, até encher. Em seguida, carregavam os baldes maiores até o telhado do abrigo. Ma estendia um tecido limpo sobre a grama, e Laura e Mary espalhavam as ameixas por cima, para secarem ao sol. No próximo inverno, teriam ameixas secas para comer.

As ameixeiras não ofereciam muita sombra. A luz do sol passava por entre as folhas. Os galhos não aguentavam o peso das frutas, e algumas caíam e rolavam pela grama.

Algumas amassavam, outras continuavam lisas e perfeitas, e outras ainda se abriam, revelando a polpa amarela e suculenta.

Abelhas e vespas entravam pelas aberturas na casca, chupando o suco das ameixas com toda a sua força, com suas traseiras balançando de alegria. Ficavam ocupadas e felizes demais para picar. Quando Laura as tocava com uma gramínea, elas apenas se moviam, mas não paravam de sugar a polpa da fruta.

Laura enchia o balde das melhores ameixas. Ela afastava as vespas das rachadas, com a ponta do dedo, e as levava à boca. Eram doces, quentes e suculentas. As vespas zumbiam ao redor dela, confusas. Não entendiam o que havia acontecido com sua ameixa. Em um minuto, já estavam em outra.

– Você come mais ameixas do que colhe – Mary comentou.

– De jeito nenhum – respondeu Laura. – Eu colho todas as ameixas que como.

– Você sabe muito bem do que estou falando – Mary disse, contrariada. – Você fica só brincando, enquanto eu trabalho.

Laura enchia um balde grande tão rápido quanto Mary, que ficava mal-humorada porque preferia estar costurando ou lendo em vez de colher ameixas. Laura, por outro lado, odiava ficar parada e adorava aquilo.

Ela gostava de sacudir as ameixeiras. Era preciso saber a maneira exata de fazer aquilo. Se sacudisse com muita força, as ameixas verdes também cairiam e seriam desperdiçadas. Se sacudisse com pouca força, nem todas as ameixas maduras cairiam de imediato – acabariam caindo durante a noite e se amassariam, o que seria um desperdício.

Laura aprendeu exatamente como sacudir uma ameixeira. Ela segurava o tronco áspero e o sacudia uma única vez, com cuidado. Todas as ameixas balançavam nos galhos, e algumas caíam ao seu redor. Em seguida, ela dava mais uma sacudida, enquanto as ameixas ainda balançavam, e as últimas maduras caíam. *Tum! Tum-tum! Tum! Tum!*

Havia tipos diferentes de ameixas. Depois que as vermelhas tinham sido colhidas, as amarelas já estavam maduras. Em seguida, vinham as azuladas, e as maiores eram as últimas. Elas não amadureciam antes do início das primeiras geadas.

Em uma manhã, o mundo inteiro estava suavemente prateado, incluindo toda a grama. O caminho estreito cintilava. Os pés descalços de Laura queimavam como se ela estivesse pisando em fogo, deixando pegadas escuras por onde passava. Ela sentia o nariz gelado, e sua expiração condensava no ar, assim como a de Mancha. Quando o sol surgiu no céu, a pradaria toda brilhou. Milhões de minúsculas faíscas coloridas cintilavam na paisagem.

As últimas ameixas amadureceram naquele dia. Eram grandes, roxas e tinham um leve brilho prateado em toda a casca.

À BEIRA DO RIACHO

O sol já não esquentava tanto, e as noites eram frias. A pradaria estava quase da cor amarelada das pilhas de feno. O aroma no ar havia mudado, e o céu não parecia mais tão nitidamente azul.

Ao meio-dia, no entanto, o sol continuava forte. Não chovia nem havia mais geadas. O Dia de Ação de Graças estava se aproximando, mas não nevava ainda.

– Não sei o que pensar disso – Pa disse. – Nunca vi um clima assim. Nelson diz que os mais antigos chamam de "estação dos gafanhotos".

– E o que isso quer dizer? – Ma perguntou.

Pa balançou a cabeça.

– Eu não sei. Foi o que Nelson disse, "estação dos gafanhotos". Não entendi por quê.

– Talvez seja uma coisa dos noruegueses – Ma disse.

Laura gostou do som das palavras. Quando corria pelas gramíneas e observava os gafanhotos pulando, ela cantarolava para si mesma:

– Estação dos gafanhotos! Estação dos gafanhotos!

Bois no feno

O verão se despediu, o inverno estava se aproximando e era hora de Pa fazer sua viagem à cidade. Ali, em Minnesota, a cidade ficava tão perto que ele só passaria um dia fora, e Ma iria acompanhá-lo.

Ma levou Carrie, pois ela ainda era muito pequena para ficar sem a mãe. No entanto, Mary e Laura já eram mocinhas. Mary estava prestes a completar nove anos e Laura tinha oito. Elas poderiam ficar em casa e cuidar de tudo enquanto Pa e Ma estivessem fora.

Para a viagem à cidade, Ma fez um vestido novo para Carrie, usando o mesmo tecido rosa que Laura usara quando era pequena. Sobrou o suficiente para fazer uma touquinha também. Depois de passar a noite toda com o cabelo enrolado, os fios de Carrie pendiam em cachos compridos e dourados. Quando Ma amarrou a touca nova sob o queixo dela, Carrie ficou parecendo uma rosa.

Ma vestiu seu saiote e seu melhor vestido, feito de um tecido fino de lã com estampa de morangos. Ela havia usado aquele vestido no baile na casa da vovó, muito tempo antes, na Grande Floresta. Antes de partir, a última coisa que Ma disse foi:

– Comportem-se, Laura e Mary.

Então se sentou no assento da carroça, com Carrie a seu lado. Eles estavam levando o almoço. Pa pegou o aguilhão.

– Voltaremos antes do pôr do sol – ele prometeu. – Vamos! – disse em seguida para Pete e Bright. O boi maior e o boi menor se inclinaram sob o jugo, e a carroça começou a se mover.

– Adeus, Pa! Adeus, Ma! Adeus, Carrie, adeus! – Laura e Mary gritaram para eles.

A carroça se afastou lentamente. Pa caminhava ao lado dos bois. Aos poucos, a carroça e Pa foram diminuindo de tamanho até desaparecerem de vista.

De repente, a pradaria pareceu vasta e vazia, mas as meninas não tinham motivos para temer. Não havia lobos ou índios ali. Além disso, Jack estava sempre ao lado de Laura. Ele era um cachorro responsável e sabia que precisava tomar conta de tudo quando Pa não estava.

Naquela manhã, Mary e Laura brincaram perto do riacho, entre os arbustos. Não se aproximaram da piscina e não tocaram no monte de palha. Ao meio-dia, comeram bolinhos de milho com melaço e beberam o leite que Ma havia deixado para elas. Em seguida, lavaram suas canecas e as guardaram.

Laura quis brincar na pedra grande, mas Mary preferia ficar em casa. Ela disse que Laura devia ficar também.

– Ma pode me obrigar a ficar, mas você não – Laura disse.

– Posso, sim – Mary disse. – Quando Ma não está aqui, você tem que fazer o que digo, porque sou a mais velha.

– Você tem que me deixar fazer o que quero, porque sou a mais nova – Laura insistiu.

LAURA INGALLS WILDER

– A mais nova é Carrie, e não você – Mary retrucou. – Se não fizer o que digo, vou contar à Ma.

– Posso brincar onde eu quiser! – Laura persistiu.

Mary tentou segurá-la, mas Laura foi mais rápida. Disparou para fora e teria seguido pelo caminho correndo, se Jack não estivesse bloqueando o caminho. O cão parecia tenso, olhando para o riacho. Laura olhou na mesma direção e então chamou:

– Mary!

O gado estava perto do feno de Pa, comendo. Abriam as pilhas com seus chifres, puxavam o feno, o mastigavam e o pisoteavam.

Não restaria nada para alimentar Pete, Bright e Mancha no inverno.

Jack sabia o que fazer. Ele desceu, correndo e rosnando, os degraus que levavam à ponte. Pa não estava lá para salvar o feno, então elas tinham que afastar o gado.

– Ah, não! Não podemos! – Mary disse, assustada. Mas quando Laura correu atrás de Jack, Mary foi atrás dela. Atravessaram o riacho e passaram pela nascente. Quando chegaram à pradaria, o gado feroz estava bem próximo. Seus longos chifres se projetavam, suas pernas grossas pisoteavam, suas bocarras berravam.

Mary estava assustada demais para fazer qualquer coisa. Laura estava assustada demais para ficar parada. Ela puxou Mary consigo e viu um graveto. Pegou-o e correu na direção do gado, gritando. Jack correu junto, rosnando. Uma vaca grande, de pelagem castanho-avermelhada, apontou os chifres para ele, e Jack pulou para trás dela. O animal bufou e saiu em disparada, seguido pelos outros bois, empurrando-se uns aos outros. Jack, Laura e Mary correram atrás deles.

No entanto, elas não tinham como manter o gado longe do feno. Os animais continuavam a dar voltas entre as pilhas, apertados, berrando, soltando o feno e o pisoteando. Cada vez mais feno escapava das pilhas.

À BEIRA DO RIACHO

Laura corria, ofegante, gritando, agitando o graveto. Quanto mais rápido ela corria, mais rápido os bois a seguiam. Eram bois pretos, marrons e avermelhados, tigrados, malhados, grandes, com chifres temíveis, sempre desperdiçando o feno. Alguns tentavam inclusive subir nas pilhas.

Laura sentia-se tonta e com calor. Sua trança tinha se desfeito e o cabelo estava entrando em seus olhos. Sua garganta estava áspera de tanto gritar, mas ela continuava gritando, correndo, agitando o graveto. Tinha medo demais para acertar um dos enormes animais com chifres. Mais e mais feno se soltava e eles ganhavam cada vez mais velocidade.

De repente, Laura se virou e correu na direção oposta, onde a vaca de pelagem avermelhada contornava uma pilha de feno.

As pernas, ombros enormes e os chifres terríveis se aproximavam rapidamente. Laura foi incapaz de gritar, mas pulou diante da vaca e agitou seu graveto. A vaca tentou parar, mas não podia, por causa dos bois que vinham logo atrás. Então desviou para a terra arada, e os outros a seguiram.

Jack, Laura e Mary foram atrás deles, afastando-se cada vez mais do feno. Perseguiram o gado até longe, na alta pradaria.

Foi quando Johnny Johnson apareceu, esfregando os olhos. Tinha pegado no sono em uma alcova quentinha e aconchegante entre as gramíneas.

– Johnny! Johnny! – Laura gritou. – Acorde para cuidar do gado!

– É o seu trabalho! – Mary disse a ele.

Johnny Johnson olhou para os animais pastando na pradaria, depois olhou para Laura, Mary e Jack. Ele não sabia o que tinha acontecido, e as meninas não podiam lhe contar, pois ele só entendia norueguês.

Elas voltaram pelas gramíneas altas, que roçavam contra suas pernas trêmulas. Ficaram muito satisfeitas ao parar na nascente para beber água. E, então, sentaram-se para descansar na tranquilidade de casa.

O fugitivo

Elas passaram o resto da longa e tranquila tarde em casa. O gado não voltou às pilhas de feno. Devagar, o sol desceu a oeste no céu. Logo, seria hora de reencontrar o rebanho na pedra grande e cinza. Laura e Mary queriam que Pa e Ma chegassem logo.

Mais de uma vez, elas subiram pelo caminho, tentando avistar a carroça. Por fim, acabaram sentando-se com Jack para esperar, no topo da casa. Quanto mais o sol baixava, mais atentas as orelhas de Jack se mostravam. De vez em quando, ele e Laura se levantavam e olhavam para longe, onde a carroça tinha desaparecido, embora a vista fosse a mesma de quando estavam sentados.

Finalmente, Jack virou uma única orelha naquela direção, depois outra. Ele olhou para Laura e sacudiu o corpo todo, do pescoço ao rabo curto. A carroça estava chegando!

Todos se levantaram para vê-la se aproximando pela pradaria. Quando Laura viu os bois, Ma e Carrie sentadas, pulou no lugar, agitando sua touca e gritando:

À BEIRA DO RIACHO

– Eles estão chegando! Eles estão chegando!

– E estão vindo bastante rápido – Mary disse.

Laura ficou parada. Podia ouvir a carroça chacoalhando. Pete e Bright avançavam rapidamente. Estavam correndo. Pareciam estar fugindo. A carroça chegou sacudindo e pulando. Laura viu que Ma se segurava, abraçada a Carrie. Pa vinha trotando ao lado de Bright, gritando e batendo nele com o aguilhão.

Estava tentado fazê-lo desviar da margem do riacho, mas não conseguia. O boi estava cada vez mais perto da beirada. Bright encurralava Pa. Todos estavam prestes a cair. A carroça, Ma e Carrie iam cair da margem e depois no riacho.

Pa deu um grito assustador. Bateu na cabeça de Bright com toda a força, e Bright finalmente virou. Laura correu, gritando. Jack pulou no focinho do boi. Então a carroça, Ma e Carrie passaram depressa. Bright bateu contra o estábulo, e de repente tudo ficou imóvel.

Pa correu atrás da carroça, e Laura correu atrás dele.

– Alto, Bright! Alto, Pete! – Pa disse. Ele se segurou na carroça e olhou para Ma.

– Estamos bem, Charles – Ma disse. Seu rosto estava cinza. Ela tremia-se toda.

Pete tentava entrar pela porta do estábulo, mas estava preso a Bright, cuja cabeça tocava a parede. Pa tirou Ma e Carrie da carroça.

– Não chore, Carrie – Ma disse. – Viu só? Estamos bem.

O vestido rosa de Carrie estava rasgado na frente. Ela fungava contra o pescoço de Ma, tentando parar de chorar, como Ma tinha dito.

– Ah, Caroline! Achei que vocês fossem cair no riacho – Pa disse.

– Eu também achei, por um momento – Ma respondeu. – Mas deveria saber que você não deixaria isso acontecer.

– *Pff!* – fez Pa. – Foi o bom e velho Pete. Ele não estava fugindo. Bright estava, e Pete tinha que ir junto. Então ele viu o estábulo e preferiu jantar.

Laura sabia que Ma e Carrie teriam caído com a carroça e os bois se Pa não tivesse corrido tão depressa e batido em Bright com tanta força. Ela abraçou o saiote de Ma fortemente e disse:

– Ah, Ma! Ah, Ma!

Mary fez o mesmo.

– Já passou – disse Ma. – Bem está o que bem acaba. Agora me ajudem a levar os pacotes para dentro enquanto Pa coloca os bois no estábulo.

Elas levaram todos os pacotinhos para o abrigo. Depois foram encontrar o gado na pedra cinza e conduziram Mancha até o estábulo. Laura ajudou a ordenhá-la, enquanto Mary ajudava Ma com o jantar.

Durante a refeição, elas contaram que o gado tinha se metido nas pilhas de feno e como o tinham afastado. Pa disse que haviam agido certinho.

– Sabíamos que podíamos confiar em vocês para cuidar de tudo – ele falou. – Não é mesmo, Caroline?

As meninas tinham se esquecido totalmente de que Pa sempre trazia presentes da cidade. Até que, depois do jantar, ele puxou o banco e ficou olhando, como se estivesse esperando alguma coisa. Laura pulou em seu joelho e Mary se sentou no outro. Laura deu alguns pulinhos e perguntou:

– O que você trouxe pra gente, Pa? O quê? O quê?

– Adivinhem – ele disse.

Elas não conseguiram adivinhar. Então, Laura ouviu o barulho de algo amassando no bolso do suéter de Pa e se apressou a pegar. Era um lindo saco de papel, com listras finas em vermelho e verde. Dentro dele havia duas balas bem compridas, uma para Mary e outra para Laura.

Tinham a mesma cor do açúcar de bordo e eram achatadas de um lado.

Mary lambeu uma. Laura mordeu a outra, e a parte externa se quebrou. Por dentro, a bala era dura, de um marrom-escuro translúcido. Tinha um gostinho especial, meio ardido. Pa disse que era bala de marroio.

À BEIRA DO RIACHO

Depois de lavarem os pratos, Laura e Mary pegaram novamente suas balas e se sentaram nos joelhos de Pa, do lado de fora do abrigo, aproveitando o frescor do crepúsculo. Ma ficou do lado de dentro, cantarolando para Carrie, que estava em seus braços.

O riacho sussurava consigo mesmo, sob os salgueiros amarelados. Uma a uma, as estrelas se acenderam, baixas, parecendo tremeluzir e estremecer com a brisa.

Laura estava aconchegada no braço de Pa. A barba dele roçava suavemente em sua bochecha. A deliciosa bala derretia em sua boca.

– Pa – Laura o chamou depois de um tempo.

– O que foi, pequena? – ele perguntou, com a voz suave contra o cabelo dela.

– Acho que prefiro lobos a bois – ela disse.

– Bois são mais úteis, Laura – Pa respondeu.

Ela pensou a respeito por um tempo. Então disse:

– Mesmo assim, prefiro os lobos.

Laura não estava contradizendo Pa, apenas expressava o que pensava.

– Bem, Laura, teremos alguns bons cavalos em breve – disse Pa. Ela sabia que era verdade. Depois da primeira colheita de trigo.

Os cavalos de Natal

A estação dos gafanhotos era mesmo estranha. Nem mesmo no Dia de Ação de Graças houve neve.

Eles deixaram a porta do abrigo aberta enquanto comiam. Laura conseguia ver além da copa nua dos salgueiros, na pradaria distante, o ponto em que o sol se punha. Não caiu nem um floco de neve. A pradaria lembrava uma pele amarela e macia. A linha onde encontrava o céu não era mais nítida: ficava ligeiramente borrada e embaçada.

É a estação dos gafanhotos, Laura refletiu consigo mesma. Ela pensou nas asas compridas dos gafanhotos, recolhidas, e em suas pernas traseiras compridas e articuladas. Nos pés finos e ásperos. Nas cabeças duras, com olhos grandes nas extremidades, e nas mandíbulas minúsculas beliscando.

Quando você pegava um gafanhoto na mão e, em seguida, oferecia gentilmente uma folha de grama, ele a mordia rapidamente. Então, ele a comia inteira, até chegar à ponta e não sobrar mais nada.

Eles desfrutaram de uma ótima refeição no Dia de Ação de Graças. Pa havia caçado um ganso selvagem. Ma fez um ensopado com ele, já que não

À BEIRA DO RIACHO

tinham lareira ou forno. Ela acrescentou alguns bolinhos de farinha ao molho. Também havia bolinhos de milho, purê de batata, manteiga, leite e ameixas secas em calda. Além disso, colocaram grãos de milho tostados ao lado de cada prato.

No primeiro jantar de Ação de Graças, os peregrinos tinham apenas três grãos de milho tostados para comer. Então os índios chegaram e trouxeram perus, o que deixou os peregrinos muito gratos.

Agora, depois de uma refeição farta e deliciosa, Laura e Mary pegaram seus grãos de milho para comer e recordar dos peregrinos. O milho tostado era muito saboroso. Ficava crocante e tinha um gosto doce de queimado.

Depois que o Dia de Ação de Graças passou, chegou a hora de pensar no Natal. Ainda não tinha nevado nem chovido. O céu estava cinza, a pradaria perdera seu encanto e o vento era frio, mas não conseguia penetrar no abrigo.

– Este abrigo é quentinho e aconchegante – disse Ma. – Mas às vezes me sinto como um animal entocado no inverno.

– Não se preocupe com isso, Caroline – respondeu Pa. – No próximo ano, teremos uma boa casa. – Sua voz estava animada e seus olhos brilhavam. – E, além disso, teremos bons cavalos e uma carruagem. Vou levar você para passear, usando vestidos de seda! Imagine só, Caroline. Esta terra plana e fértil, sem nenhuma pedra ou galho para atrapalhar, a apenas cinco quilômetros da estrada de ferro! Podemos vender todos os grãos de trigo que conseguirmos colher! – Ele passou os dedos pelo cabelo e acrescentou:
– Eu queria muito ter um par de cavalos.

– Ah, Charles – disse Ma. – Estamos todos aqui, saudáveis, seguros e confortáveis, com comida suficiente para todo o inverno. Devemos ser gratos pelo que temos.

– Eu sou – Pa disse. – Mas Pete e Bright são lentos demais para rastelar e colher. Eu arei aquele campo enorme com eles, mas, sem cavalos, não poderei plantar trigo em toda a extensão.

Laura percebeu que era sua chance de falar sem interromper.

– Não temos uma lareira – ela disse.

– E o que tem isso? – Ma perguntou.

– O Papai Noel – respondeu Laura.

– Coma, Laura cada coisa a seu tempo – disse Ma.

Laura e Mary sabiam que Papai Noel não desceria pela chaminé se não tivesse uma chaminé de verdade para ele descer. Um dia, Mary perguntou a Ma como ele chegaria. Ma não respondeu diretamente; em vez disso, perguntou:

– O que vocês gostariam de ganhar no Natal?

Ela estava passando roupas. Uma ponta da tábua estava apoiada na mesa e a outra na cabeceira da cama. Pa havia construído a cabeceira alta de propósito. Carrie brincava na cama, Laura e Mary estavam sentadas à mesa. Mary separava os quadrados de tecidos para uma colcha, enquanto Laura fazia um aventalzinho para sua boneca de pano, Charlotte. O vento uivava lá fora, entrando chiando pelo buraco improvisado que servia de chaminé, mas ainda não havia neve.

– Quero doce – disse Laura.

– Eu também quero – Mary disse.

– *Toce*? – Carrie repetiu.

– E um vestido de inverno, um casaco e uma capa – disse Mary.

– Eu também – disse Laura. – E um vestido para Charlotte e…

Ma tirou o ferro do fogão e o apontou para as meninas, pedindo para que o testassem. Elas lamberam os dedos e os passaram rapidamente na parte lisa de baixo do ferro. Se fizesse um estalo, era porque já estava quente o bastante.

– Obrigada, Mary e Laura – Ma disse. Ela começou a passar cuidadosamente o ferro sobre o tecido da camisa de Pa. – Vocês sabem o que Pa quer de Natal?

À BEIRA DO RIACHO

As meninas não sabiam.

– Cavalos – Ma disse. – Vocês gostariam de ter cavalos.

Laura e Mary olharam uma para a outra.

– Fiquei pensando que, se todos nós quiséssemos cavalos, e nada além de cavalos – Ma prosseguiu –, então talvez...

Laura achou aquilo estranho. Cavalos eram parte do cotidiano, não tinham nada a ver com Natal. Se Pa ganhasse cavalos, ele iria trabalhar com eles. Laura não conseguia associar Papai Noel e cavalos ao mesmo tempo.

– Ma! – ela disse. – Papai Noel existe mesmo, não é?

– É claro que sim – respondeu Ma, enquanto devolvia o ferro ao fogão, para esquentar mais. – Quanto mais velha uma pessoa fica, mais ela sabe sobre Papai Noel. Vocês já estão crescidas e sabem que não se trata de um único homem, certo? Vocês sabem que ele está em todos os lugares na véspera de Natal. Na Grande Floresta, no território indígena, no estado de Nova York, mesmo estando tão distantes, e aqui também. Ele desce por todas as chaminés ao mesmo tempo. Vocês sabem disso, não sabem?

– Sim, Ma – responderam Mary e Laura.

– Isso mesmo – Ma prosseguiu. – Então...

– Eu acho que ele é como um anjo – Mary disse lentamente. Laura conseguia imaginar isso, assim como Mary.

Em seguida, Ma contou mais sobre o Papai Noel para as meninas. Ele estava em todos os lugares o tempo todo.

Sempre que alguém fazia algo bondoso, era um ato do Papai Noel.

Na véspera de Natal, todo mundo era bondoso. Naquela noite, Papai Noel estava em toda parte, porque todos deixavam o egoísmo de lado e desejavam a felicidade dos outros. Pela manhã, descobria-se o resultado daquilo.

– Se todos quisessem que todo mundo fosse feliz o tempo todo, seria Natal todos os dias? – Laura perguntou.

– Isso mesmo, Laura – confirmou Ma.

Laura pensou a respeito. Assim como Mary. Elas refletiram e trocaram olhares. Sabiam o que Ma esperava delas. Ela queria que não pedissem mais nada além dos cavalos de Pa. As meninas trocaram outro olhar e rapidamente desviaram o olhar, sem dizer nada. Nem mesmo Mary, que era sempre tão boa, disse nada.

Naquela noite, depois do jantar, Pa envolveu Laura e Mary com seus braços. Laura olhou para o rosto de Pa, aconchegou-se nele e disse:

– Pa.

– O que foi, minha pequena? – ele perguntou.

– Pa – Laura começou a dizer –, eu quero que o Papai Noel traga...

– O quê? – Pa perguntou.

– Cavalos – disse Laura. – Se você me deixar andar neles de vez em quando.

– Eu também! – Mary exclamou, mas Laura tinha falado primeiro.

Pa ficou surpreso. Seus olhos brilharam ternamente para as duas.

– Vocês realmente querem cavalos? – ele perguntou.

– Ah, sim, Pa! – elas responderam em uníssono.

– Nesse caso – Pa disse, sorrindo –, acho que Papai Noel vai trazer um belo par de cavalos para todos nós.

Estava resolvido. Não haveria Natal, só cavalos. Laura e Mary se despiram, colocaram a camisola e a abotoaram, muito sérias, depois amarraram a touca de dormir na cabeça. Elas se ajoelharam juntas e disseram:

Agora eu me deito para descansar
Rogo ao Senhor para de minha alma cuidar.
Se eu morrer antes de acordar
Rogo ao Senhor para minha alma levar.

À BEIRA DO RIACHO

E completaram:

– Por favor, abençoe Pa, Ma, Carrie e todas as pessoas, e faça de mim uma boa menina para todo o sempre! Amém.

Em seguida, Laura acrescentou mentalmente: *E, por favor, permita que eu fique feliz com os cavalos de Natal, para todo o sempre e amém de novo.*

Com um sorriso, ela subiu na cama e sentiu-se feliz no mesmo instante. Ela fechou os olhos e começou a imaginar os cavalos. Visualizou o pelo macio e brilhante deles, a crina e a cauda voando ao vento, e também o quão rápidos e graciosos eles eram. Laura podia até sentir a respiração suave e em como avaliavam tudo com seus olhos brilhantes e gentis. Ela sabia que Pa deixaria que elas montassem.

Enquanto Laura sonhava acordada, Pa afinou sua rabeca e a posicionou delicadamente sobre o ombro. O som suave da música começou a preencher o ambiente. Lá fora, o vento se lamentava, solitário, na escuridão fria, mas dentro do abrigo a sensação era de aconchego e conforto.

Réstias de luz escapavam pelas frestas do fogão, projetando um brilho suave nas agulhas de tricô de Ma, e tentavam capturar o cotovelo em movimento de Pa. Nas sombras, o arco da rabeca dançava, acompanhando o ritmo, enquanto Pa batia o pé no piso de madeira. A música alegre ecoava pelo abrigo, ao mesmo tempo que o vento chorava lá fora.

Um feliz Natal

Na manhã seguinte, a neve estava no ar. Flocos pesados caíam e giravam ao sopro do vento uivante.

Laura não podia sair para brincar. Mancha, Pete e Bright passaram o dia no estábulo, alimentando-se de feno e palha. Dentro de casa, Pa consertava suas botas, enquanto Ma lia um livro para ele. Mary costurava e Laura brincava com Charlotte, sua boneca. Ela poderia deixar que Carrie pegasse a boneca, mas a menina ainda era muito pequena para brincar e poderia acabar rasgando-a.

Naquela tarde, enquanto Carrie dormia, Ma chamou Mary e Laura com uma expressão misteriosa. As meninas se aproximaram, encostando suas cabeças na de Ma, que compartilhou um segredo com elas. Elas iriam fazer um colar de botões para presentear Carrie no Natal!

As três subiram na cama, ficando de costas para Carrie, e abriram bem as pernas. Ma pegou a caixa de botões para começarem a trabalhar.

A caixa estava quase cheia. Ma tinha guardado botões desde que era mais nova do que Laura, e ainda havia botões que sua própria mãe possuía

À BEIRA DO RIACHO

quando era criança. Havia botões azuis e vermelhos, prateados e dourados, alguns com desenhos de castelos, pontes e árvores, outros com brilhantes cravejados, de porcelana pintada, listrados; alguns que pareciam amoras suculentas e até mesmo um que era uma cabeça de cachorro. Laura soltou um gritinho quando o viu.

– *Shhh!* – Ma fez na mesma hora, mas Carrie não acordou.

Ela deixou que as meninas fizessem um colar de botões para Carrie.

Depois disso, Laura não se importava mais em ficar no abrigo. Ao olhar para fora, via o vento espalhando pedaços de neve pela terra congelada. O riacho estava coberto de gelo e a copa dos salgueiros chacoalhava. Dentro do abrigo, ela e Mary tinham seu segredo.

As duas brincavam calmamente com Carrie e lhe davam tudo o que ela queria. Abraçavam-na, cantavam para ela e a colocavam para dormir sempre que podiam, enquanto trabalhavam no colar de botões.

Mary segurava uma ponta e Laura a outra. Elas escolhiam os botões que queriam e os passavam no fio. Em seguida, estendiam o colar para dar uma olhada, retiravam alguns botões e adicionavam outros. De tempos em tempos, removiam todos os botões e recomeçavam. Estavam determinadas a fazer o colar de botões mais bonito do mundo.

Até que Ma informou que já era véspera de Natal e que elas precisavam terminar o colar naquele dia.

As meninas não conseguiam fazer com que Carrie dormisse. Ela corria, gritava, subia nos bancos e pulava deles, saltava e cantava, sem se cansar. Mary tentou fazer com que ela ficasse sentadinha, comportada como uma dama, mas Carrie não a obedecia. Quando Laura deixou que ela segurasse Charlotte, Carrie sacudiu a boneca de um lado para o outro e a jogou contra a parede.

Finalmente, Ma a pegou no colo e cantou para acalmá-la. Laura e Mary ficaram imóveis, observando. Ma cantava cada vez mais baixo, e, aos poucos, Carrie começou a piscar os olhos até finalmente fechá-los. Quando Ma parou de cantar, imediatamente ela abriu os olhos e gritou:

– Mais, Ma! Mais!

Eventualmente, Carrie acabou pegando no sono. Laura e Mary terminaram o colar rapidamente, enquanto Ma amarrava as pontas para elas. Estava feito: não mudariam nem mais um botão. Era um lindo colar.

Naquela noite, depois do jantar, quando Carrie já estava dormindo, Ma pendurou um par de meias limpas da menina na beirada da mesa. Vestindo camisola, Laura e Mary colocaram o colar dentro de uma meia.

E pronto. Enquanto se preparavam para ir para a cama, Pa perguntou:

– Vocês não vão pendurar suas meias?

– Achávamos que Papai Noel traria cavalos para nós – Laura disse.

– Pode ser – respondeu Pa. – Mas as meninas sempre penduram suas meias na véspera de Natal, não é verdade?

Laura não sabia o que pensar, Mary também não. Ma pegou duas meias limpas da caixa de roupas e Pa ajudou a pendurá-las ao lado das meias de Carrie. As meninas fizeram suas preces e foram dormir, sentindo-se intrigadas.

Pela manhã, Laura ouviu o fogo crepitando. Ela abriu um olho apenas um pouquinho e, à luz do lampião, viu que tinha algo dentro de sua meia.

Ela gritou e pulou da cama. Mary a seguiu correndo, e Carrie acordou. Havia um embrulhinho de papel na meia de cada uma delas, exatamente iguais. Dentro dos embrulhos, havia balas.

A meia de Laura continha seis balas, assim como a de Mary. As duas nunca tinham visto balas tão lindas. Eram tão bonitas que pareciam feitas para ser admiradas, não para ser comidas. Algumas pareciam fitas onduladas, outras tinham um lado plano coberto de flores coloridas, e havia também algumas redondinhas e listradas.

À BEIRA DO RIACHO

Em uma meia de Carrie, havia quatro daquelas lindas balas. Na outra meia, estava o colar de botões. Seus olhos e sua boca ficaram bem redondinhos quando ela viu seus presentes. Então Carrie soltou um gritinho de alegria, pegou-os e soltou outro gritinho. Ela sentou-se no colo de Pa, olhando para suas balas e seu colar de botões, contorcendo-se de felicidade e rindo.

Em seguida, chegou a vez de Pa ir realizar suas tarefas.

– Vocês acham que tem alguma coisa para nós no estábulo? – ele perguntou.

– Vistam-se depressa, meninas, e acompanhem Pa até o estábulo para ver o que encontram lá – Ma disse.

Era inverno, por isso as meninas tiveram que colocar meias e sapatos. Ma as ajudou a amarrar os cadarços e enrolou um xale em cada uma. Em seguida, elas saíram para enfrentar o frio.

Tudo estava cinza, exceto por uma faixa vermelha no céu a leste. Uma luz avermelhada também iluminava o caminho coberto de neve. A neve se acumulava na grama seca, nas paredes e no telhado do estábulo. Pa ficou esperando na porta. Ele riu ao ver Laura e Mary se aproximando e abriu passagem para que entrassem.

Em vez de Pete e Bright, havia dois cavalos no estábulo.

Os dois eram maiores do que Pet e Patty, com uma pelagem marrom--avermelhada brilhante como seda. A crina e a cauda eram negras. Seus olhos brilhavam, gentis. Ambos abaixaram seus focinhos aveludados para tocar a mão de Laura, soltando um ar quente pelas narinas.

– Bem, pequena, Mary... – disse Pa. – Estão gostando do Natal?

– Muito, Pa – disse Mary.

– Ah, Pa! – foi tudo o que Laura conseguiu dizer.

Os olhos de Pa brilharam de alegria.

– Quem quer levar os cavalos de Natal para beber água? – Pa perguntou.

Laura mal conseguia conter sua empolgação enquanto ele levantava Mary e ensinava a ela como se segurar na crina, assegurando-lhe de que não precisava ter medo. Em seguida, as mãos fortes de Pa levantaram Laura, e ela se sentou no lombo do cavalo, que era grande e gentil, sentindo toda a sua vitalidade.

Lá fora, tudo cintilava com o sol, a neve e o gelo acumulado. Pa foi à frente, guiando os cavalos e carregando um machado para quebrar o gelo da superfície do riacho, permitindo que eles bebessem água. Os animais mantinham a cabeça erguida, inspirando profundamente e expulsando o frio do corpo pelas narinas. Suas orelhas aveludadas apontavam para a frente, depois para trás, e novamente para a frente.

Laura segurava firme na crina, batendo os sapatos um contra o outro e rindo. Pa, os cavalos, Mary e Laura passaram uma manhã feliz naquela manhã fria de Natal.

Cheia de primavera

No meio da noite, Laura sentou-se na cama. Nunca tinha ouvido nada igual ao rugido do outro lado da porta.

– Pa! Pa! O que é isso? – ela gritou.

– Parece o riacho – ele disse, levantando-se imediatamente. Pa abriu a porta e o rugido adentrou a escuridão do abrigo. Laura ficou assustada.

Ela ouviu Pa gritar:

– Minha nossa! Está chovendo muito!

Ma disse algo que Laura não ouviu.

– Não consigo enxergar nada! – Pa gritou. – Está escuro como breu! Não se preocupem, o riacho não vai subir tanto assim. Vai transbordar pela margem do outro lado, que é mais baixa!

Quando ele fechou a porta, o rugido já não pareceu tão alto.

– Durma, Laura – Pa disse. Mas ela continuou acordada, ouvindo o estrondoso rugido do outro lado da porta.

Então, Laura abriu os olhos. A janela estava cinza. Pa tinha saído e Ma estava tomando café, mas o riacho ainda rugia.

A menina se levantou e foi logo abrir a porta. *Vush!* A chuva gelada a atingiu, deixando-a sem fôlego. Laura saiu e sentiu a água fria escorrendo por sua pele. Aos seus pés, o riacho corria e rugia.

O caminho terminava ali. A água furiosa saltava e corria pelos degraus que costumavam levar à ponte. Os salgueiros estavam submersos, as copas envoltas em redemoinhos de espuma amarela. O barulho era ensurdecedor para os ouvidos de Laura. Ela nem conseguia ouvir a chuva. Sentia as gotas batendo em sua camisola encharcada, atingindo sua cabeça com tudo, como se não tivesse cabelo, mas só conseguia ouvir o rugido selvagem do riacho.

A água forte e rápida dava medo e fascinava ao mesmo tempo. Espumava ao redor da copa dos salgueiros e formava redemoinhos distantes na pradaria. Subia batendo, branca, na curva do riacho. Parecia estar em constante mudança e, ao mesmo tempo, sempre igual, poderosa e terrível.

De repente, Ma puxou Laura de volta para o abrigo.

– Você não me ouviu chamando? – ela perguntou.

– Não, Ma – Laura disse.

– Imagino que não mesmo – disse Ma.

Água escorria pelo corpo de Laura e formava uma poça em volta de seus pés descalços. Ma tirou a camisola ensopada da menina e a secou bem com uma toalha.

– Agora vá se vestir – Ma disse –, ou vai morrer de frio.

Laura estava quente por dentro. Nunca havia se sentido tão bem, tão viva.

– Estou surpresa com você, Laura. Eu nunca sairia na chuva e me molharia assim.

– Ah, Mary, você tem que ver o riacho! – Laura exclamou. – Ma, posso sair de novo depois do café?

– Não – Ma disse. – Não enquanto estiver chovendo.

À BEIRA DO RIACHO

Enquanto comiam, a chuva parou. O sol brilhou lá fora, e Pa disse que Laura e Mary podiam ir dar uma olhada no riacho com ele.

O ar estava fresco, limpo e úmido. Cheirava a primavera. O céu estava azul, com nuvens grandes em movimento. Toda a neve tinha desaparecido da terra encharcada. Da margem alta, Laura ainda podia ouvir o rugido do riacho.

– Não consigo entender esse clima – Pa disse. – Nunca vi nada igual.

– Ainda é a estação dos gafanhotos? – Laura perguntou, mas Pa não sabia.

Eles caminharam pela margem, olhando a estranha paisagem. O riacho, rugindo e espumando, havia transformado tudo. As ameixeiras eram apenas galhos submersos. O platô tornara-se uma ilha redonda. Em toda a volta, a água fluía suavemente, saindo do riacho largo e agitado e voltando para ele. Onde antes havia uma piscina, os salgueiros altos agora eram salgueiros baixos, à beira de um lago.

Mais adiante, encontrava-se a terra que Pa havia arado, preta e úmida. Ele olhou para ela e disse:

– A hora de plantar o trigo não vai demorar muito mais.

A ponte

No dia seguinte, Laura tinha certeza de que Ma não iria deixá-la brincar no riacho. Ele ainda rugia, mas de forma mais calma. Ainda dava para ouvir seu chamado de dentro do abrigo. Laura saiu discretamente, sem dizer nada a Ma.

A água já não estava mais tão alta. Estava abaixo dos degraus. Laura podia vê-la espumando em volta da pequena ponte, que em parte já não estava submersa.

Durante todo o inverno, o riacho permanecera coberto de gelo, totalmente imóvel, sem emitir qualquer som. Agora, corria depressa e emitia um barulho animado. Quando batia na tábua da ponte, formava uma espuma branca e parecia rir consigo mesmo.

Laura tirou os sapatos e as meias, deixando-os em segurança no degrau inferior. Em seguida, foi até a ponte e ficou ali, observando a água ruidosa.

Gotas atingiam seus pés descalços e pequenas ondas os contornavam. Ela mergulhou um pé na espuma rodopiante. Depois, sentou-se na ponte e mergulhou as duas pernas na água. O riacho corria vigorosamente

À BEIRA DO RIACHO

ao redor delas, enquanto Laura dava chutes no sentido contrário. Era muito divertido.

Ela ficou quase toda molhada, mas sua pele ainda ansiava por entrar na água. Laura se deitou de bruços e mergulhou um braço de cada lado da ponte, na correnteza. Mas isso não foi suficiente. Ela queria entrar de verdade no riacho estrondoso e vibrante. Então, entrelaçou as mãos sob a tábua e rolou para fora dela.

No mesmo instante, Laura percebeu que o riacho não estava para brincadeira. Corria com força, assustadoramente. Ele tinha controle sobre seu corpo e o puxava para baixo da tábua. Ela conseguia manter apenas a cabeça para fora, enquanto um braço se agarrava desesperadamente à tábua estreita.

A água a arrastava de um lado e para o outro, tentando afundar sua cabeça. Laura apoiou o queixo na beirada e segurou-se com o braço, enquanto a correnteza puxava o restante de seu corpo com toda força. O riacho parecia estar rindo.

Ninguém sabia que Laura estava ali. Ninguém ouviria se ela gritasse por ajuda. O som ensurdecedor da água rugindo a arrastava cada vez mais forte. Laura agitava as pernas, mas a correnteza era mais forte. Ela conseguiu se agarrar à tábua com os dois braços e tentou se içar, mas a correnteza era mais forte. Ela sentia sua cabeça sendo puxada para trás e seu corpo sacudia como se fosse partir-se em dois. Fazia frio. O frio a envolvia.

Não era como quando enfrentou os lobos ou o gado. O riacho não estava vivo. Era forte, terrível e nunca parava. Ele arrastaria Laura para o fundo e a envolveria em seu redemoinho, jogando-a de um lado para o outro como um galho de salgueiro, indiferente a tudo.

As pernas dela estavam cansadas. Seus braços mal conseguiam se agarrar à tábua.

Tenho que sair daqui. Tenho que sair daqui!, Laura pensou, enquanto o rugido ensurdecedor do riacho ecoava em sua mente. Ela agitou os dois pés com força e colocou toda a sua força nos braços. Então, logo estava deitada novamente na tábua.

Laura sentiu a solidez da madeira sob sua barriga e seu rosto. Permaneceu deitada lá, respirando profundamente, feliz com aquela sensação de segurança.

Quando finalmente se levantou, sua cabeça estava tonta. Ela deixou a tábua, pegou seus sapatos e meias e subiu lentamente os degraus enlameados. Em seguida, parou à porta do abrigo, sem saber o que diria a Ma.

Depois de um tempo, decidiu entrar. Ficou parada ali, com água pingando de seu corpo. Ma estava costurando.

– Por onde você andou, Laura? – Ma perguntou, levantando o rosto. Ela correu em direção à menina. – Meu Deus! Vire, depressa! – Ma começou a desabotoar o vestido de Laura. – O que aconteceu? Você caiu no riacho?

– Não, Ma – Laura respondeu. – Eu... eu entrei.

Ma ficou em silêncio enquanto tirava a roupa de Laura e a secava com uma toalha. Ela não disse nada, mesmo depois que Laura parou de falar. Os dentes da menina batiam. Ma a enrolou em uma manta e a fez se sentar perto do fogo.

– Bem, Laura – Ma finalmente disse –, você se comportou muito mal, e tenho certeza de que teve noção disso o tempo todo. Mas não posso punir você. Nem mesmo lhe dar uma bronca. Você quase se afogou.

Laura permaneceu em silêncio.

– Você não vai se aproximar do riacho novamente até que Pa ou eu digamos que pode fazer isso. O que só vai acontecer depois que a água baixar – Ma disse.

– Sim, senhora – Laura falou.

À BEIRA DO RIACHO

O riacho certamente iria baixar. Voltaria a ser um lugar agradável e tranquilo para brincar. Mas ninguém poderia acelerar isso. Ninguém podia fazer nada. Agora Laura sabia que algumas coisas eram mais fortes do que qualquer pessoa. Mas o riacho não a havia levado. Não a tinha feito gritar, nem poderia fazê-la chorar.

Uma casa maravilhosa

A água baixou. De repente, os dias ficaram quentes e quase todas as manhãs Pa saía para trabalhar no campo de trigo com Sam e David, os cavalos de Natal.

– Você está se matando naquele terreno – Ma comentou.

Mas Pa disse que a terra estava seca, porque não tinha nevado o bastante. Ele precisava arar e rastelar bem, depois semear o trigo rapidamente. Trabalhava todos os dias desde antes do nascer do sol até depois do crepúsculo. Laura esperava no escuro pelo momento em que ouvia Sam e David chapinhando no vau. Então, corria para o abrigo para pegar a lanterna e, em seguida, para o estábulo, para segurá-la enquanto Pa fazia suas tarefas.

Ele ficava cansado demais para conversar e rir. Apenas jantava e ia para a cama.

Finalmente, o trigo estava plantado. Depois, Pa também plantou aveia e batatas e fez uma horta. Ma, Mary e Laura ajudaram a plantar as batatas e a espalhar as sementes em fileiras na horta, o tempo todo deixando Carrie pensar que estava ajudando também.

À BEIRA DO RIACHO

A grama deixava o mundo todo verde agora. As folhas verde-amareladas dos salgueiros se desenrolavam. Violetas e ranúnculos abundavam nas depressões da pradaria, e era gostoso comer as folhas de azedinha e as flores de lavanda. Só a plantação de trigo continuava marrom e sem graça.

Uma noite, Pa mostrou a Laura uma leve camada verde no terreno. O trigo estava crescendo! Os brotinhos eram tão diminutos que mal dava para ver, mas todos juntos formavam a tal camada verde. Todos ficaram felizes naquela noite, porque o trigo estava indo bem.

No dia seguinte, Pa foi à cidade. Com Sam e David, era possível ir e voltar na mesma tarde. Elas nem tiveram tempo de ficar com saudade de Pa e não o esperavam quando ele chegou. Laura foi a primeira a ouvir o barulho da carroça e a seguir para o caminho.

Pa estava no assento, com o rosto reluzente de alegria. Havia uma pilha de madeira na parte de trás da carroça.

– Eis nossa nova casa, Caroline! – ele cantarolou.

– Mas Charles! – Ma começou a dizer, surpresa. Laura correu e subiu pela roda da carroça. Nunca tinha visto tábuas tão lisas e retas. Elas tinham sido feitas com uma máquina. – O trigo mal começou a nascer!

– Não tem problema – Pa disse a ela. – Deixaram que pegássemos a madeira agora e pagássemos quando vendermos o trigo.

– Vamos ter uma casa de tábuas de madeira? – Laura perguntou a ele.

– Sim, pequena – disse Pa. – Vamos ter uma casa construída apenas com madeira serrada. E vamos ter vidro nas janelas!

Era verdade. Na manhã seguinte, o sr. Nelson chegou para ajudar Pa. Juntos, eles começaram a cavar um porão. Como o trigo já estava crescendo, eles teriam uma casa maravilhosa.

Laura e Mary mal aguentavam ficar no abrigo por tempo o bastante para realizar suas tarefas. Mas Ma insistia para que ficassem.

– E não quero que façam de qualquer jeito – ela dizia. Por isso, as meninas lavavam e guardavam a louça do café. Arrumavam a cama direitinho. Varriam o chão e guardavam a vassoura em seu lugar. Só depois podiam ir.

Elas corriam pelos degraus e atravessavam a ponte, chegando aos salgueiros e à pradaria. Seguiam pelas gramíneas e subiam na colina onde Pa e o sr. Nelson estavam construindo a casa nova.

Era divertido vê-los montando a estrutura da casa. As vigas se erguiam finas e douradas, tendo o céu muito azul entre elas. Os martelos produziam um som alegre. As plainas retiravam aparas longas e espiraladas das tábuas de aroma doce.

Laura e Mary penduravam as aparas na orelha, imitando brincos, ou as colocavam no pescoço como se fossem colares. Laura prendia as mais compridas no cabelo, de modo que ficassem parecendo os cachos dourados que sempre desejara ter.

Pequenos blocos de madeira caíam da estrutura do telhado enquanto Pa e o sr. Nelson martelavam e serravam, e Laura e Mary os recolhiam em pilhas para construir suas próprias casinhas. Nunca antes elas haviam se divertido tanto.

Pa e o sr. Nelson pregaram tábuas por toda a estrutura das paredes e cobriram a casa com telhas compradas prontas. As telhas eram finas, muito mais finas do que Pa conseguiria fazer com seu machado, e todas tinham o mesmo tamanho. O telhado ficou uniforme e bem vedado, sem nenhuma fresta.

Em seguida, Pa instalou as tábuas lisas do piso, que tinham ranhuras nas bordas, de modo a se encaixarem perfeitamente. O piso do sótão foi feito da mesma maneira, e serviria de teto para o andar de baixo.

Na parte de baixo, Pa colocou uma divisória. A casa teria dois cômodos! Um dos cômodos seria o quarto e o outro, sala de estar. Na sala, havia duas janelas com vidro transparente, uma dando para o nascer do sol e a outra,

À BEIRA DO RIACHO

ao lado da porta, voltada para o sul. No quarto, havia outras duas janelas nas paredes, também protegidas por vidro.

Laura nunca tinha visto janelas tão maravilhosas. Eram divididas ao meio, com seis painéis de vidro em cada metade. A parte de baixo podia ser aberta, e para mantê-la aberta bastava colocar um graveto ali.

Do lado oposto à porta da frente, ficava a porta dos fundos. Pa construiu uma pequena sala do lado de fora, como um puxadinho. Protegeria do vento norte durante o inverno, e Ma poderia deixar a vassoura, o esfregão e a tina ali.

O sr. Nelson tinha ido embora, e Laura fazia perguntas o tempo todo. Pa disse que o quarto ficaria para ele, Ma e Carrie. Mary e Laura poderiam dormir e brincar no sótão. Laura queria tanto vê-lo que ele parou de trabalhar no puxadinho e pregou algumas tábuas na parede para fazer uma escada de acesso.

Laura subiu os degraus depressa até sua cabeça passar pelo buraco no chão do sótão. Tinha o tamanho dos dois cômodos do andar de baixo juntos. O piso era de tábulas lisas, e o teto inclinado consistia na parte inferior das telhas novas e amarelas. Em cada extremidade, havia uma janelinha, e ambas tinham vidros.

Primeiro, Mary ficou com medo de cair da escada que levava ao sótão e, depois, ficou com medo de descer pelo buraco no chão. Laura tentou disfarçar seu medo. Logo, as duas se acostumaram a subir e a descer pela escada.

Embora as meninas pensassem que a casa estava pronta, Pa decidiu colocar papel de alcatrão em todas as paredes externas. Em seguida, pregou tábuas compridas e lisas por cima, cobrindo completamente a lateral da casa. Molduras retas foram pregadas em volta das janelas e das portas.

– Agora a casa está totalmente isolada! –Pa exclamou. Não havia frestas no telhado, paredes ou piso por onde a chuva ou o vento frio pudessem entrar.

LAURA INGALLS WILDER

Em seguida, Pa instalou as portas, compradas prontas. Eram lisas e muito mais finas do que as portas que ele era capaz de fazer com o machado. Na parte de cima e no meio foram instalados vidros ainda mais finos. As dobradiças também vieram prontas, e era maravilhoso vê-las abrindo e fechando suavemente, sem fazer barulho como as de madeira nem arrastar a porta como as de couro.

Pa ainda instalou trancas compradas, com chaves que entravam em buraquinhos de formato específico, giravam e faziam um clique. As maçanetas eram feitas de porcelana branca.

Um dia, Pa disse:

– Laura e Mary, vocês conseguem guardar um segredo?

– Ah, sim, Pa! – ambas disseram.

– Prometem que não vão contar à Ma? – ele perguntou, e as duas prometeram.

Pa abriu a porta do puxadinho, e elas deram de cara com um fogão preto brilhando. Pa tinha comprado na cidade e escondido ali, para surpreender Ma.

O fogão tinha quatro bocas redondas e quatro tampinhas encaixadas nelas. Cada tampa tinha um orifício com ranhuras, no qual era possível encaixar uma alça de ferro para levantá-la. Na parte da frente e de baixo, havia uma porta larga com fendas e uma chapa de ferro que deslizava para a frente e para trás, de modo a fechá-las ou abri-las. Essa era a ventilação. Embaixo, destacava-se uma prateleira que lembrava uma panela retangular e servia para recolher as cinzas, impedindo que caíssem no chão. Uma tampa móvel cobria o recipiente. Nela, havia uma fileira de letras em relevo.

Mary passou o dedo por baixo e soletrou:

– P-A-T. Um, sete, sete, oito. Que palavra é essa, Pa?

– Lê-se Pat – ele disse.

À BEIRA DO RIACHO

Laura abriu uma porta na lateral do fogão e deparou-se com um quadrado grande e vazio, com uma prateleira no meio.

– O que é isso, Pa? – ela perguntou.

– É o forno – ele explicou.

Pa pegou o maravilhoso fogão e o posicionou na sala de estar; depois o conectou à chaminé, que passava por todo o teto e o sótão até chegar a um buraco no telhado. Em seguida, ele subiu no telhado e colocou um cano de lata maior na ponta da chaminé. O fundo do cano era chato e cobria o buraco no telhado, de modo que nem uma gota de chuva entraria por ali.

A questão da chaminé estava resolvida.

– Bom, está tudo pronto – Pa disse. – Agora temos uma autêntica casa de pradaria.

Não havia nada que uma casa poderia ter que aquela não tivesse. As janelas de vidro deixavam o interior tão claro que mal dava para acreditar que se tratava de um espaço fechado. A casa cheirava a limpeza e pinheiro, graças às paredes e ao piso novinhos em folha. O fogão reinava em um canto, próximo à porta que dava para o puxadinho. Um leve toque na maçaneta de porcelana branca já acionava as dobradiças, enquanto com um clique a lingueta de ferro fechava a porta.

– Amanhã de manhã já podemos nos mudar – disse Pa. – Esta será a última noite que vamos dormir no abrigo.

Laura e Mary pegaram as mãos dele e desceram pela colina. O campo de trigo, em um tom de verde sedoso e cintilante, cobria a ondulação da pradaria. Formava um quadrado, e as gramíneas selvagens ao redor pareciam mais rústicas e escuras. Laura olhou para a casa maravilhosa atrás de si. Sob a luz do sol na colina, suas paredes de madeira serrada e seu telhado ficavam dourados como um monte de palha.

Mudança

Na manhã ensolarada, Ma e Laura ajudaram a retirar tudo do abrigo, subir à margem e carregar a carroça. Laura mal ousava olhar para Pa: ambos estavam muito empolgados com a surpresa que tinham preparado para Ma.

Ma não desconfiava de nada. Removeu as brasas quentes do fogãozinho velho para que Pa o levasse.

– Você se lembrou de fazer a chaminé? – ela perguntou.

– Sim, Caroline – respondeu Pa. Laura não riu, mas quase engasgou.

– O que foi isso, Laura? – Ma a repreendeu. – Tem um sapo na sua garganta?

David e Sam puxaram a carroça pelo vau e de volta à pradaria, em direção à casa nova. Carregadas, Ma, Mary e Laura, com Carrie um pouco à frente, atravessaram a ponte e subiram pelo caminho gramado. A casa de tábuas com telhas compradas prontas brilhava na colina. Pa saltou da carroça e ficou esperando, pois queria estar ao lado de Ma quando ela visse o fogão.

À BEIRA DO RIACHO

Ma entrou na casa e parou imediatamente. Sua boca se abriu e fechou. Em seguida, ela disse com a voz fraca:

– Minha nossa!

Laura e Mary pularam e dançaram, assim como Carrie, mesmo que ela não entendesse o motivo.

– É seu, Ma! É o seu novo fogão! – ambas gritaram.

– Tem forno e tudo. E quatro bocas, e uma alça! – Mary disse. – E tem letras nele, quer que eu leia? P-A-T, Pat!

– Ah, Charles, você não devia ter feito isso – disse Ma.

Ele a abraçou.

– Não se preocupe, Caroline! – Pa a tranquilizou.

– Nunca me preocupo, Charles – ela respondeu. – Mas construir uma casa, com vidro nas janelas ainda por cima, e comprar um fogão... é demais.

– Nada é demais pra você – disse Pa. – E não se preocupe com os gastos. Basta olhar pela janela para a plantação de trigo!

Laura e Mary puxaram Ma até o fogão. Ela ergueu as tampas como Laura a ensinou, ficou observando Mary mexer na ventilação e depois deu uma conferida no forno.

– Nossa! – ela exclamou. – Nem sei se tenho coragem de fazer o jantar em um fogão tão grande e bonito!

Mas ela fez o jantar naquele fogão maravilhoso, e Mary e Laura prepararam a mesa na sala bem iluminada e espaçosa. As janelas estavam abertas, permitindo a entrada do ar e luz por ambos os lados. O sol também brilhava através da porta e dos vidros ao lado.

Foi tão gostoso comer em uma casa grande, espaçosa e iluminada que, depois da refeição eles permaneceram sentados à mesa, desfrutando do momento.

– Agora, sim! – Pa disse.

Em seguida, eles instalaram as cortinas. Janelas com vidro precisam ter cortinas, e Ma as fez com pedaços de lençol velho, engomados e brancos como a neve, com um acabamento de faixas estreitas de um bonito tecido estampado. As cortinas da sala tinham faixas cor-de-rosa do vestidinho de Carrie que havia rasgado quando os bois saíram em disparada. As cortinas do quarto tinham faixas de um antigo vestido azul de Mary. Ambos os vestidos haviam sido feitos a partir do calicô rosa e do calicô azul que Pa havia trazido da cidade, muito tempo antes, quando ainda moravam na Grande Floresta.

Enquanto Pa pregava os pregos para pendurar as cortinas, Ma apareceu com duas tiras compridas de papel de embrulho marrom que havia guardado. Ela as dobrou e ensinou Mary e Laura a cortar pedacinhos de papel dobrado com a tesoura. Quando o abriram, tinham uma fileira de estrelinhas.

Ma espalhou as estrelinhas na prateleira atrás do fogão. A luz incidia sobre elas, que pairavam na beirada criando um efeito mágico.

Depois que as cortinas foram instaladas, Ma estendeu dois lençóis brancos como neve em um canto do quarto onde ela e Pa podiam pendurar suas roupas. Outro lençol foi estendido no sótão, para as roupas de Mary e Laura.

Quando Ma terminou, a casa estava linda. As cortinas bem branquinhas estavam recolhidas dos dois lados do vidro transparente. O sol entrava por entre as cortinas cor de neve com barras cor-de-rosa. As paredes estavam todas limpas e exalavam o aroma do pinheiro das tábuas da parede, da estrutura e dos degraus que levavam ao sótão. O fogão e a chaminé eram de um preto brilhante, e no canto ficavam as prateleiras com estrelinhas.

Ma estendeu uma toalha xadrez vermelha sobre a mesa e deixou ali a lamparina polida, juntamente com a Bíblia, o livro *Maravilhas do mundo animal* e um romance. Os dois bancos estavam recolhidos ao lado da mesa.

Por fim, Pa pendurou uma prateleirinha na parede em frente à janela, onde Ma colocou sua pastora de louça.

Era a prateleirinha de madeira que Pa havia entalhado com estrelas, vinhas e flores para Ma no Natal, muito tempo antes. E a pastora sorridente,

À BEIRA DO RIACHO

com cabelos dourados, olhos azuis e bochechas rosadas, o corpinho de louça repleto de laços dourados e sapatinhos de louça cobrindo-lhe os pés, era a mesma que tinha viajado desde a Grande Floresta até o território indígena e o riacho em Minnesota. Não havia se quebrado, nem estava lascada ou arranhada. Era a mesma pastora, com o mesmo sorriso.

Naquela noite, Mary e Laura subiram a escada e foram dormir sozinhas em seu próprio sótão, que era amplo e espaçoso. Não havia cortinas lá em cima, pois Ma não tinha mais lençóis velhos. No entanto, cada uma delas tinha uma caixa onde se sentar e outra caixa para guardar seus tesouros. Laura guardava Charlotte e as bonecas de papel em sua caixa, enquanto Mary guardava quadrados de colchas e retalhos na sua. Cada uma delas tinha um prego atrás da cortina, e tiraram a camisola dele para pendurar o vestido no lugar. A única coisa que estava errada no novo quarto era que Jack não conseguia subir a escada.

Laura pegou no sono rapidamente. Tinha passado o dia indo e voltando da casa nova e subindo a escada. Mas não dormiu por muito tempo. A casa nova era tranquila demais. Laura sentiu falta do som do riacho, cantando para que ela dormisse. A imobilidade a acordava de tempos em tempos.

No final, foi com um ruído que abriu os olhos. Ela ficou ouvindo. Era o som de muitos, muitos pezinhos correndo acima de sua cabeça. Parecia haver milhares de pequenos animais correndo pelo telhado. Como isso era possível?

Na verdade, era chuva! Fazia tanto tempo que Laura não ouvia a chuva batendo no telhado de uma casa que ela tinha se esquecido do som. No abrigo, ela não ouvia a chuva por causa da terra e da grama que havia sobre sua cabeça.

Ela pegou no sono novamente, feliz, enquanto ouvia a chuva tamborilando no telhado.

O caranguejo e as sanguessugas

De manhã, quando Laura pulou da cama, seus pés descalços aterrissaram no chão liso de madeira. Ela sentiu o cheiro de pinheiro das tábuas. Acima de sua cabeça, havia apenas o teto inclinado de telhas amareladas e a estrutura que o mantinha no lugar.

Da janela leste, ela viu o caminho que descia pela colina. Viu uma ponta da plantação verde-clara e aveludada de trigo, e, mais além, a de aveia, verde-acinzentada. À distância, viu os limites da terra vasta e verdejante, e um raio prateado do sol surgindo. Os salgueiros e o abrigo pareciam algo muito distante, no espaço e no tempo.

De repente, o sol quente e amarelo se espalhou por sua camisola. No piso limpo de madeira, o vidro da janela refletia luz e a estrutura, sombra, enquanto Laura, com uma touca e o cabelo trançado, as mãos erguidas e os dedos bem separados, formava uma sombra ainda mais escura e sólida.

De lá de baixo, vinha o barulho das tampas batendo no novo fogão. Em seguida, a voz de Ma ecoou pelo buraco onde a escada terminava.

À BEIRA DO RIACHO

– Mary! Laura! É hora de acordar!

Um novo dia começava na nova casa.

Enquanto tomavam o café na sala ampla e ventilada lá embaixo, Laura queria ir ver o riacho. Ela pediu a Pa se podia ir brincar lá.

– Não, Laura – ele disse. – Não quero que volte para o riacho, cheio de buracos escuros e profundos. Quando terminarem suas tarefas, você e Mary podem seguir pelo caminho que Nelson abriu para vir trabalhar aqui e explorá-lo!

As duas se apressaram a cumprir suas tarefas e encontraram uma vassoura comprada no puxadinho. Aquela casa parecia ser cheia de maravilhas. O cabo da vassoura era comprido, reto, liso e perfeitamente redondo. A vassoura em si era feita de milhares de cerdas rígidas e finas, de um amarelo-esverdeado. Ma disse que eram de palha. Tinham um corte perfeitamente nivelado e, na parte de cima, curvavam-se contra um anteparo reto e firme, no qual estavam costuradas com um fio vermelho. Aquela vassoura era muito diferente das arredondadas que Pa fazia com gravetos de salgueiro. Parecia boa demais para usar para varrer. Deslizava pelo chão liso como se fosse mágica.

Ainda assim, Laura e Mary mal podiam esperar para seguir pelo novo caminho. Trabalharam rápido, guardaram a vassoura e partiram. Laura estava com tanta pressa que só deu alguns passos apropriadamente antes de começar a correr. Sua touca caiu da cabeça e ficou pendurada no pescoço. Seus pés descalços voavam pela grama escura do caminho, descendo a colina, passando por uma área plana e depois por um declive. E, então, ela acabou chegando no riacho!

Laura ficou impressionada. Parecia tão diferente, tão sereno sob o sol, entre as margens baixas e as gramíneas.

O caminho terminava à sombra de um salgueiro grande. Uma ponte atravessava a água e levava a um gramado plano e ensolarado. O caminho continuava e contornava uma pequena colina, sumindo de vista.

Laura imaginou que o caminho continuasse para sempre pela grama ensolarada, cruzando córregos tranquilos e sempre contornando as colinas para ver o que havia do outro lado. Ela sabia que, na verdade, deveria ir até a casa do sr. Nelson, mas não queria parar em lugar nenhum; ela desejava seguir adiante.

O riacho surgia de trás de um agrupamento de ameixeiras. Os arbustos cresciam densos dos dois lados do estreito curso de água, com seus galhos quase se tocando. A água ficava escura à sombra deles.

Depois o riacho se alargava e corria amplo e raso sobre cascalho e areia, formando leves ondas. Em seguida, estreitava-se sob uma pequena ponte e continuava borbulhando até desaguar em uma ampla piscina perto de um agrupamento de salgueiros, cuja superfície permanecia imóvel.

Laura esperou até que Mary chegasse. Elas entraram na água rasa, pisando na areia brilhante e nos cascalhos. Peixinhos minúsculos nadavam entre seus dedos. Se ficassem paradas, eles beliscavam seus pés. De repente, Laura viu uma criatura estranha na água.

Era quase tão comprido quanto o pé dela. Também era liso e de uma coloração marrom-esverdeada. Possuía dois braços compridos que terminavam em patas com grandes e chatas pinças. Do corpo, surgiam patas curtas e uma cauda forte, chata e segmentada, com uma barbatana bifurcada na ponta. Possuía bigodes que despontavam de seu nariz, e seus olhos eram grandes e saltados.

– O que é isso? – Mary perguntou, com medo.

Laura não queria se aproximar mais. Ela se inclinou com cuidado para ver melhor, mas de repente a criatura não estava mais lá. Mais rápida que uma barata-d'água, recolheu-se, fazendo com que uma espiral de água enlameada se erguesse debaixo da pedra plana onde estava escondida.

Em questão de segundos, a criatura estendeu uma de suas garras para fora e a fechou. Então, deu uma olhada ao redor.

À BEIRA DO RIACHO

Quando Laura chegou mais perto, o animal voltou rapidamente para o seu esconderijo. Quando ela jogou água na pedra, o bicho saiu correndo, batendo suas pinças e tentando pegar os dedos descalços de Laura. Ela e Mary se afastaram da casa dele, gritando e espirrando água.

Elas o cutucaram com um graveto comprido. O animal fechou e abriu sua grande garra, cortando o graveto ao meio. As meninas pegaram um graveto maior e ele o agarrou na pinça, não o soltando até que Laura o ergueu e o retirou da água. Seus olhos brilhavam, sua cauda estava recolhida e sua outra garra batia sem parar. Em seguida, o bicho soltou o graveto caiu e voltou a se esconder debaixo da pedra.

Ele sempre saía pronto para brigar quando elas jogavam água em sua casa, e elas sempre se afastavam correndo diante de suas garras ameaçadoras.

As meninas se sentaram na ponte por um momento, à sombra do grande salgueiro, ouvindo a água correr e a observando borbulhar. Depois, retornaram pela água em direção às ameixeiras.

Mary, porém, não quis entrar na água mais escura, à sombra dos arbustos. Ali o fundo do riacho era pura lama, e ela não gostava de ficar na lama. Por isso, sentou-se na margem enquanto Laura brincava.

A água ficava parada ali, com folhas mortas flutuando nas beiradas. A lama escorregava pelos dedos de Laura e formava pequenas nuvens diluídas, até que ela não conseguia mais ver o fundo. Havia um cheiro velho no ar, de mofo. Laura deu meia-volta e voltou para a água transparente e para o sol.

Algumas manchas de lama ficaram em seus pés e pernas. Ela jogou água limpa para tentar tirar, mas não saíram. Nem mesmo esfregando, Laura conseguiu dar um jeito.

As manchas tinham cor de lama e eram moles como lama. Mas se agarravam firmemente à pele de Laura.

Ela gritou. Ficou lá parada, gritando.

– Ah, Mary, Mary! Vem! Depressa!

Mary foi até Laura, mas não teve coragem de tocar naquelas coisas horríveis. Ela disse que eram vermes, e vermes a enojavam. Laura sentia mais aversão do que Mary, mas era pior ficar com aquelas coisas grudadas no corpo do que tocar nelas. Então, ela segurou uma delas, enfiou as unhas e puxou.

A coisa se esticava cada vez mais, mas não se soltava.

– Ah, não! Não faz isso! Ah, você vai arrebentar a coisa! – exclamou Mary.

Laura puxou com mais força até que finalmente saiu. Sangue escorreu do lugar onde a criatura havia grudado.

Uma a uma, ela arrancou todas elas, e um fio de sangue escorria do local.

A menina não tinha mais vontade de brincar. Ela lavou as mãos e as pernas na água limpa e voltou para casa junto com Mary.

Era hora do almoço, e Pa estava lá. Laura contou a ele sobre as criaturas cor de lama, sem olhos, cabeça ou pernas, que haviam se agarrado em sua pele no riacho.

Ma explicou que eram sanguessugas, e que os médicos as usavam nos doentes. Pa disse que eram parasitas que viviam na lama, em pontos com água escura e parada.

– Não gostei – Laura disse.

– Então é só ficar longe da lama, pequena – disse Pa. – Se você não quer ter problemas, não corra atrás deles.

– Bem, meninas – Ma disse –, vocês não terão mesmo muito tempo para brincar no riacho. Agora que estamos bem estabelecidos e a menos de quatro quilômetros da cidade, vocês podem começar a frequentar a escola.

Laura não conseguiu dizer nada. Nem Mary. Elas só olharam uma para a outra e pensaram: *Escola?*

Armadilha para peixes

Quanto mais Laura pensava na escola, menos vontade tinha de ir. Ela não conseguia imaginar como poderia passar o dia todo longe do riacho.

– Ah, Ma, tenho mesmo que ir? – ela lamentou.

Ma respondeu que uma mocinha de quase oito anos devia aprender a ler, em vez de ficar correndo solta pelas margens do riacho.

– Mas eu sei ler, Ma – Laura insistiu. – Por favor, não me faça ir à escola. Eu sei ler. Ouça só!

Ela pegou um livro, abriu e começou a recitar, olhando ansiosamente para Ma:

– *As portas e as janelas de Millbank estavam fechadas. Da maçaneta...*

– Ah, Laura – Ma disse –, você não está lendo! Está só repetindo o que me ouviu ler para Pa inúmeras vezes. Além do mais, precisa aprender outras coisas. Soletrar, escrever, fazer cálculos... Não adianta reclamar. Você e Mary vão começar na escola na segunda-feira pela manhã.

Mary estava sentada, costurando. Parecia uma boa menina, ansiosa para ir à escola.

No puxadinho, Pa martelava alguma coisa. Laura saiu de maneira tão inesperada que o martelo quase a atingiu.

– Opa! – ele disse. – Quase acertei você. Mas eu não deveria estar tão surpreso, pequena. Você está sempre por aí.

– O que está fazendo, Pa? – Laura perguntou. Ele estava pregando alguns pedaços de madeira que tinham sobrado da construção da casa.

– Uma armadilha para peixes – explicou Pa. – Quer ajudar? Você pode me passar os pregos.

Um a um, Laura entregou os pregos e Pa os martelou. Estavam fazendo uma caixa comprida e estreita, sem tampa. Pa deixava frestas largas entre os pedaços de madeira.

– Como vai pegar peixe com isso? – perguntou Laura. – Se colocarmos no riacho, eles vão entrar pelas frestas, mas também vão sair da mesma maneira.

– Aguarde e verá – respondeu Pa.

Laura esperou até que Pa guardasse os pregos e o martelo. Então ele colocou a armadilha no ombro e disse:

– Venha me ajudar a colocar.

Laura pegou a mão de Pa e desceu a colina aos pulos. Eles atravessaram a parte plana, chegaram ao riacho e seguiram pela margem baixa, passando pelas ameixeiras. Ali, a margem era mais íngreme e o riacho, mais estreito e barulhento. Pa se enfiou no meio dos arbustos, com Laura em seu encalço, e chegaram a uma cachoeira.

A água corria rápida, mas tranquila até a beirada, então caía com um estrondo alto e surpreendente. Lá embaixo, voltava a ganhar velocidade e girar, e então seguia adiante.

Laura nunca se cansaria de assistir àquilo, mas precisava ajudar Pa a colocar a armadilha. Os dois a posicionaram logo abaixo da cachoeira. A água entrava na armadilha e subia borbulhando, mais surpreendente do que antes. Não conseguia escapar, mas espumava pelas aberturas.

À BEIRA DO RIACHO

– Está vendo, Laura? – perguntou Pa. – Os peixes vão cair na armadilha com a água. Os menores vão conseguir escapar por entre as frestas, mas os maiores não. Eles não poderão voltar por onde vieram. Assim, vão ficar nadando dentro da caixa até que eu volte para pegá-los.

Naquele mesmo instante, um peixe grande caiu junto com a água. Laura gritou:

– Olha, Pa, olha!

Pa pegou o peixe, que se debatia. Laura quase caiu na água. Eles ficaram olhando para o animal gordo e prateado, e depois Pa o devolveu à armadilha.

– Ah, Pa, não podemos ficar aqui até termos peixes suficientes para o jantar? – Laura perguntou.

– Tenho que começar a trabalhar no celeiro, Laura. E arar o jardim, fazer um poço e... – Então ele olhou para Laura e disse: – Tudo bem, pequena. Talvez não demore tanto.

Pa e Laura se agacharam e ficaram esperando. A água continuava a cair e espirrar, sempre a mesma e sempre mudando. O sol a fazia cintilar. Um ar fresco vinha da água, enquanto um ar quente vinha de trás. Os arbustos tinham milhares de folhinhas verdes, contrastando com o céu. Ao sol, seu cheiro era doce e quente.

– Ah, Pa – Laura disse –, tenho mesmo que ir para a escola?

– Você vai gostar, Laura – ele prometeu.

– Eu gosto mais daqui – ela disse, triste.

– Eu sei, pequena – disse Pa –, mas nem todos têm a oportunidade de aprender a ler, escrever e fazer contas. Sua mãe era professora quando nos conhecemos. Quando ela veio comigo para o Oeste, prometi que nossas meninas teriam a oportunidade de estudar. Por isso estamos aqui, tão perto de uma cidade com uma escola. Você está quase completando oito anos, e Mary vai fazer nove. É hora de começarem. Seja grata por essa chance, Laura.

– Sim, Pa. – Laura suspirou, e então outro peixe grande caiu na armadilha. Antes mesmo que Pa pudesse pegá-lo, mais um veio.

Pa cortou e afiou um graveto, até fazer uma forquilha. Então ele retirou quatro peixes grandes da armadilha e os espetou nela. Laura e ele voltaram para casa com os peixes se debatendo. Os olhos de Ma se arregalaram diante daquela visão. Pa cortou a cabeça dos peixes e os eviscerou, depois mostrou a Laura como remover as escamas. Ele fez isso com três, e ela fez com um quase inteiro.

Ma passou os peixes na farinha e os fritou na gordura. Eles comeram todos os deliciosos peixes no jantar.

– Você sempre pensa em alguma coisa, Charles – disse Ma. – Bem quando estava começando a me preocupar com como vamos nos sustentar agora que a primavera chegou.

Pa não podia caçar na primavera, porque os coelhos tinham que cuidar de seus filhotes e os pássaros tinham seus passarinhos no ninho.

– Espere até eu colher todo o trigo! – Pa disse. – Vamos comer porco salgado todo dia. E molho e carne fresca!

Depois daquele dia, todas as manhãs, antes de ir para o trabalho, Pa recolhia os peixes na armadilha. Ele nunca pegava mais do que o suficiente para comer: retirava os outros da armadilha e deixava que fossem embora.

Pa pescava peixe-búfalo, lúcio, bagre, olho-roxo e peixe-gato com bigodes pretos. Também pegava alguns cujos nomes não conhecia. Todos os dias, havia peixe para o café da manhã, para o almoço e para o jantar.

Escola

A manhã de segunda-feira chegou. Assim que terminaram de lavar a louça do café da manhã, Laura e Mary subiram a escada para colocar seus vestidos de domingo. Os vestidos tinham a mesma estampa de raminhos, mas o de Mary era azul e o de Laura era vermelho.

Ma trançou bem o cabelo das duas e prendeu as pontas com fitas. Elas não podiam usar os laços de domingo, pois corriam risco de perdê-los. Cada uma colocou sua touca, que estava recém-lavada e passada.

Em seguida, Ma as levou até o quarto. Ela se ajoelhou diante de uma caixa onde guardava suas melhores coisas e retirou três livros de lá. Eram os livros que havia usado quando era pequena. Um era de ortografia, outro de leitura e o último de aritmética.

Ma olhou solenemente para Mary e Laura, que também tinham expressões solenes.

– Estou dando estes livros a vocês, Mary e Laura – ela disse. – Sei que vão cuidar deles e estudar com dedicação.

– Sim, Ma – elas responderam.

Ma entregou os livros para Mary carregar, enquanto Laura carregaria o recipiente de lata pequeno que continha o almoço das duas, envolto em um pano limpo.

– Adeus – Ma disse. – E comportem-se.

Ma e Carrie ficaram à porta, enquanto Jack acompanhava as meninas colina abaixo. Ele estava intrigado. Elas seguiram pelo gramado, por onde as marcas da carroça de Pa estavam visíveis. Jack permaneceu perto de Laura.

Quando chegaram ao vau do riacho, o cachorro se sentou e choramingou, ansioso. Laura teve que explicar que ele não poderia continuar com elas. Ela acariciou sua cabeça, tentando desfazer sua expressão de preocupação. Jack ficou ali, sentado e fazendo careta, observando as duas atravessarem a parte rasa do riacho.

As duas tomaram cuidado para não espirrar água nos vestidos limpos. Uma garça-azul voou sobre a água, batendo asas e movendo suas longas pernas. Laura e Mary caminharam devagar pela grama. Não podiam voltar para as trilhas empoeiradas da carroça até que seus sapatos estivessem secos, garantindo que chegassem à cidade com eles limpos.

A casa nova parecia pequena na colina, com a vasta pradaria verde estendendo-se ao longe. Ma e Carrie já haviam entrado. Jack ainda continuava olhando para elas à beira do riacho.

Mary e Laura prosseguiram em silêncio.

O orvalho cintilava na grama. As cotovias-do-prado cantavam, enquanto as narcejas caminhavam com suas pernas finas. As galinhas cacarejavam, enquanto seus filhotes piavam. Coelhos se sentavam nas patas traseiras, com as dianteiras erguidas, as orelhas compridas estremecendo, os olhos redondos fixos em Mary e Laura.

Pa tinha dito que a cidade ficava a apenas quatro quilômetros de distância e que a estrada as levaria até lá. Elas saberiam que tinham chegado quando vissem uma casa.

À BEIRA DO RIACHO

Grandes nuvens brancas navegavam pelo céu amplo, lançando nuvens cinzentas que se arrastavam pelas gramíneas balançando. A estrada sempre parecia terminar logo à frente, mas, quando chegavam, percebiam que continuava por causa dos rastros da carroça de Pa na grama.

– Por favor, Laura, não tire a touca – disse Mary! – Assim você vai ficar morena como um índio. O que as meninas da cidade vão pensar de nós?

– Não me importo! – Laura respondeu alto, com ousadia.

– Você se importa, sim! – retrucou Mary.

– Não me importo, não! – insistiu Laura.

– Você se importa, sim!

– Eu não me importo!

– Você tem tanto medo quanto eu da cidade – Mary concluiu.

Laura não respondeu. Depois de um tempo, ela puxou a touca pelo laço e a colocou de volta na cabeça.

– Bem, pelo menos estamos juntas – Mary disse.

Elas continuaram a caminhar. Depois de um longo tempo, avistaram a cidade. Parecia uma porção de pequenos blocos de madeira na pradaria. Quando a estrada descia, elas só viam as gramíneas e o céu novamente. Depois, avistavam a cidade mais uma vez, cada vez maior. Fumaça saía das chaminés.

A estrada gramada seguia até a cidade. A nova estrada passava por uma pequena casa e, em seguida, por uma loja. A loja possuía uma varanda com degraus.

Depois da loja, ficava o ferreiro, um pouco mais afastado da estrada, com um espaço vazio à sua frente. Lá dentro, um homem usando avental de couro soprava um fole – *puf! puf!* – sobre as brasas vermelhas. Usando uma pinça, ele retirou das brasas um pedaço de ferro branco de tão quente e bateu nele com um martelo grande – *péim!* Dezenas de faíscas minúsculas voaram à luz do dia.

Depois do espaço vazio era possível ver a parte de trás de uma construção. Mary e Laura caminharam próximas àquela parede. O chão ali era duro, não estavam mais pisando na grama.

Em frente à construção, outra estrada de terra larga cruzava aquela em que elas estavam seguindo. Mary e Laura pararam. Através da poeira, avistaram as fachadas de outras duas lojas. Ouviram o burburinho de vozes infantis. A trilha de Pa não continuava além daquele ponto.

– Vamos – Mary disse baixo, mas permaneceu parada. – É da escola que os gritos vêm. Pa disse que iríamos ouvir as crianças.

Laura sentiu vontade de dar meia-volta e correr de volta para casa.

Ela e Mary continuaram a andar lentamente e viraram na direção das vozes. Passaram pelas duas lojas e contornaram pilhas de tábuas e telhas, provavelmente do depósito onde Pa havia comprado os materiais para a casa nova. Então, avistaram a escola.

Ela ficava bem ali, na pradaria, depois do fim da estrada de terra. Um longo caminho cortava a grama até chegar lá. Na frente, havia meninos e meninas.

Laura continuou pelo caminho, com Mary seguindo atrás dela. Todos os meninos e meninas pararam com o rebuliço para olhar. Laura se aproximava cada vez mais de seus olhares. De repente, sem realmente querer, ela balançou o recipiente com o almoço delas e disse alto:

– Vocês parecem um bando de galinhas!

As crianças ficaram surpresas. Mas não tão surpresas quanto Laura, que também se sentiu envergonhada.

– Laura! – Mary a repreendeu.

Então, um menino sardento com cabelo cor de fogo começou a gritar:

– E vocês parecem narcejas! Narcejas! Narcejas! Olha só as pernas compridas e finas!

À BEIRA DO RIACHO

Laura queria se sentar no chão para esconder as pernas. Seu vestido era curto demais, muito mais curto do que o das meninas da cidade. O de Mary também. Antes de virem morar à beira do riacho, Ma havia dito que estavam ficando pequenos demais para elas. As pernas das meninas, agora à mostra, realmente pareciam compridas e finas, como as de uma narceja.

Todos os meninos apontavam e gritavam:

– Narceja! Narceja!

Então, uma menina ruiva começou a empurrá-los.

– Calem a boca! Parem com esse barulho! Cale a boca, Sandy! – ela disse para o menino ruivo, que a obedeceu. Em seguida, a menina se aproximou de Laura e disse: – Meu nome é Christy Kennedy. Esse menino terrível é meu irmão, Sandy, mas ele não faz por mal. Qual é seu nome?

Suas tranças eram tão apertadas que ficavam até rígidas. Seus olhos eram azul-escuros, quase pretos, e suas bochechas redondas tinham sardas. Sua touca estava pendurada nas costas.

– Ela é sua irmã? – Christy continuou falando. – Elas são minhas irmãs.

– Algumas meninas mais velhas já falavam com Mary. – A mais velha é Nettie, a de cabelo preto é Cassie. Depois vem Donald, eu e Sandy. Quantos irmãos você tem?

– Tenho duas irmãs – Laura disse. – Essa é a Mary, Carrie ainda é um bebê. Ela também tem cabelo dourado. E temos um buldogue chamado Jack. Moramos à beira do riacho. Onde vocês moram?

– Seu pai tem dois cavalos baios com crina e rabo pretos? – Christy perguntou.

– Tem sim – confirmou Laura. – São Sam e David, nossos cavalos de Natal.

– Ele passa pela nossa casa. Vocês devem ter passado também – disse Christy. – É a que nossa casa fica antes da loja do Beadle e do correio, antes do ferreiro. Nossa professora é a srta. Eva Beadle. Esta é Nellie Oleson.

Nellie Oleson era muito bonita. Tinha longos cachos loiros e usava dois grandes laços azuis no topo da cabeça. Seu vestido era de cambraia fina, branco com estampa de pequenas flores azuis, e ela usava sapatos.

A menina olhou para Laura, depois olhou para Mary, e franziu o nariz.

– Ih – ela disse. – Meninas do campo.

Antes que alguém pudesse responder mais alguma coisa, um sino tocou. A responsável era uma mulher parada na porta da escola. Todos os meninos e meninas se apressaram para entrar.

Tratava-se de uma jovem senhora muito bonita. Seus cabelos castanhos estavam trançados atrás, e uma franja caía sobre os olhos também castanhos. Seu vestido tinha uma fileira de botões que se estendia por toda a frente do corpete, e a saia estava bem puxada para trás e caía em grandes tufos e laços atrás. Seu rosto era gentil e seu sorriso, encantador.

Ela pôs uma mão no ombro de Laura e disse:

– Você é nova, não?

– Sim, senhora – disse Laura.

– E esta é sua irmã? – a professora perguntou, sorrindo para Mary.

– Sim, senhora – disse Mary.

– Venham comigo – disse a professora. – Vou escrever os nomes de vocês no meu caderno.

Elas entraram na escola e atravessaram toda a sala e subiram em um tablado.

A escola consistia em um único cômodo construído com tábuas novas. O teto era formado pela parte inferior das telhas, semelhante ao teto do sótão. Havia longos bancos, um atrás do outro, no centro da sala. Eles eram feitos de tábuas lisas e possuíam encostos com prateleiras que se projetavam sobre os bancos da frente. Apenas o primeiro banco não tinha nada à sua frente, assim como o último banco não tinha nada atrás dele.

À BEIRA DO RIACHO

Havia duas janelas com vidros de cada um dos lados da escola. Estavam abertas, assim como a porta. O vento entrava pelas janelas, trazendo consigo o som da grama balançando, o aroma da pradaria a perder de vista e bastante luz do sol.

Laura observou tudo isso enquanto estavam ao lado da mesa da professora, que anotava seus nomes e quantos anos tinham. Ela não mexia a cabeça, mas seus olhos exploravam todo ambiente ao redor.

Próximo a um banco perto da porta, havia um balde com água. Uma vassoura estava encostada em um canto. Na parede atrás da mesa da professora, algumas tábuas lisas tinham sido pintadas de preto. Abaixo delas, havia uma pequena calha contendo alguns toquinhos brancos e redondos, juntamente com um bloco de madeira preso a um pedaço de pele de ovelha. Laura se perguntava o que seria aquilo.

Mary mostrou à professora até onde tinha avançado em termos de ler e soletrar, enquanto Laura apenas observava o livro de Ma e balançava a cabeça. Ela não sabia ler e não conhecia todas as letras com segurança.

– Bem, você pode começar desde o início, Laura – disse a professora. – Mary pode continuar avançando. Vocês têm uma lousa?

Elas não tinham.

– Vou emprestar a minha – disse a professora. – Não dá para aprender a escrever sem uma lousa.

A professora levantou o tampo da mesa e retirou uma lousa de lá. A mesa era uma caixa alta, com uma abertura para os joelhos de um lado. Havia dobradiças que permitiam que o tampo fosse aberto. Dentro dela, a professora guardava seus pertences, incluindo livros e uma régua.

Laura ficou sabendo depois que a régua era usada para punir aqueles que faziam bagunça ou cochichavam na escola. Aqueles que se comportavam mal tinham que ir até a mesa da frente e estender a mão para receber várias reguadas da professora, com força.

No entanto, Laura e Mary nunca sussurravam na escola e tentavam não fazer bagunça. Elas se sentavam lado a lado no banco e estudavam. Mary deixava os pés bem apoiados no chão, enquanto os de Laura ficavam balançando no ar. O livro ficava aberto na prateleira à frente, de modo que Laura estudava as páginas iniciais e Mary algumas páginas mais adiante, enquanto as intermediárias ficavam levantadas.

Laura ficava a aula inteira sozinha, pois era a única aluna que ainda não sabia ler. Sempre que a professora tinha tempo livre, ela a chamava até sua mesa para ajudá-la com as letras. Antes do almoço do primeiro dia, Laura já conseguia ler as letras G-A-T-O, formando gato. De repente, ela se lembrou de outra combinação e disse:

– P-A-T, Pat!

A professora ficou surpresa e disse:

– R-A-T-O, rato! M-A-T-O, mato!

De repente, Laura estava lendo. Ela conseguiu ler toda a primeira fileira do livro.

Ao meio-dia, os alunos e a professora foram para casa comer. Laura e Mary pegaram o recipiente com a comida e se sentaram na grama, ao lado da escola vazia onde havia sombra. Elas comeram pão e manteiga e conversaram.

– Gosto da escola – Mary disse.

– Eu também – Laura disse. – Só que minhas pernas estão cansadas. E não gostei quando aquela Nellie Oleson nos chamou de "meninas do campo".

– Somos meninas do campo – disse Mary.

– Sim, mas ela não precisava ter franzido o nariz! – reclamou Laura.

Nellie Oleson

No fim do dia, Jack estava esperando por elas no vau. No jantar, as meninas contaram tudo sobre a escola para Pa e Ma. Quando mencionaram que estavam usando a lousa da professora emprestada, Pa balançou a cabeça. Não deviam pegar nada emprestado.

Na manhã seguinte, ele contou o dinheiro que estava guardado no estojo da rabeca. Em seguida, deu a Mary uma moeda de prata para comprar uma lousa.

– Temos bastante peixe no riacho – disse Pa. – Podemos aguentar até a colheita do trigo.

– E logo teremos batatas – disse Ma. Ela embrulhou a moeda em um lenço e colocou dentro do bolso de Mary.

A menina manteve a mão no bolso durante todo o caminho pela pradaria. O vento soprava. Borboletas e pássaros voavam sobre as gramíneas e as flores selvagens ficavam balançando. Os coelhos pulavam e o céu amplo e aberto se estendia sobre tudo. Laura balançava o recipiente com o almoço e seguia pulando.

Na cidade, elas atravessaram a rua principal, de terra, e subiram os degraus da loja do sr. Oleson. Pa disse que deviam comprar a lousa ali.

Dentro da loja, havia um balcão bem comprido. A parede atrás dele estava coberta de prateleiras com frigideiras, panelas, lamparinas, lanternas e peças de tecido colorido. Perto da outra parede havia arados, barris de pregos e rolos de arame, além de serras, martelos, machadinhas e facas pendurados.

Tinha um homem de queixo amarelo redondo atrás do balcão, e diante dele, no chão, havia um barril de melaço e outro de picles. Também havia uma grande caixa de madeira cheia de bolacha e dois potes contendo balas – eram dois potes grandes cheios de balas de Natal.

De repente, a porta dos fundos se abriu com tudo e Nellie Oleson e seu irmão mais novo, Willie, entraram correndo. Ela franziu o nariz para Laura, enquanto Willie gritou:

– Haha, as narcejas de pernas compridas!

– Quieto, Willie – o sr. Oleson disse.

O menino não o obedeceu e continuou dizendo:

– Narcejas! Narcejas!

Nellie passou por Mary e Laura e enfiou as mãos em um dos potes de balas. Willie enfiou as mãos no outro. Os dois pegaram o máximo de doces que puderam e ficaram ali, devorando-os lentamente diante de Mary e Laura. Eles olharam para as duas, mas não ofereceram nada.

– Nellie! Fora daqui, você e Willie – disse o sr. Oleson.

Os dois continuaram comendo as balas e encarando Mary e Laura. O sr. Oleson decidiu ignorá-los. Mary lhe deu o dinheiro e ele lhe deu a lousa.

– Vocês vão precisar de giz também – o sr. Oleson disse. – Aqui está. Custa um centavo.

– Elas não têm um centavo – Nellie falou.

À BEIRA DO RIACHO

– Bem, podem levar e peçam a seu pai para me pagar um centavo da próxima vez que vierem à cidade – disse o sr. Oleson.

– Não precisa, senhor. Muito obrigada – Mary respondeu, virando-se para sair. Laura fez o mesmo, e as duas saíram da loja. Quando estava na porta, Laura olhou para trás. Nellie fez uma careta para ela. Sua língua estava vermelha e verde por causa da bala.

– Minha nossa! – exclamou Mary. – Eu nunca poderia ser tão maldosa quanto essa Nellie Oleson.

Eu poderia, Laura pensou. *Poderia ser mais maldosa com ela do que ela é com a gente, se Ma e Pa deixassem.*

As duas olharam para a superfície lisa e acinzentada da lousa, apreciando a moldura reta de madeira, bem encaixada nos cantos. Era uma bela lousa, mas elas precisavam de giz para poder usá-la.

Pa já tinha gastado tanto dinheiro com a lousa que elas odiariam ter que lhe dizer que precisavam de mais um centavo. Caminharam muito sérias, até que Laura se lembrou dos centavos que haviam ganhado quando moravam no território indígena. Ainda tinham as moedas que haviam encontrado dentro das meias na manhã de Natal.

Mary tinha um centavo e Laura tinha outro, mas elas só precisavam de um giz. Então decidiram que Mary gastaria o seu e teria direito a meio centavo de Laura. Na manhã seguinte, compraram o giz, mas não do sr. Oleson, e sim da loja do sr. Beadle, que também funcionava como correio. A professora morava ali, e as meninas caminharam até a escola com ela.

Elas continuaram indo à escola, por semanas quentes e longas, e a cada dia gostavam mais. Gostavam de ler, de escrever e de calcular. Gostavam de soletrar, nas sextas à tarde. Laura adorava o recreio, quando as meninas mais novas corriam ao sol e ao vento, pegando flores selvagens em meio às gramíneas da pradaria e brincando juntas.

Os meninos faziam brincadeiras de meninos, do outro lado da escola. As meninas mais novas brincavam do outro lado, enquanto Mary e as mais velhas ficavam sentadas nos degraus, como damas.

As meninas mais novas sempre brincavam de ciranda, porque Nellie Oleson queria. Elas achavam cansativo, mas continuavam brincando, até que um dia, antes que Nellie dissesse qualquer coisa, Laura sugeriu:

– Vamos brincar de Tio John!

– Isso! Isso! – as meninas disseram, já dando as mãos. Mas Nellie agarrou Laura pelos cabelos compridos e a derrubou no chão.

– Não! Não! – Nellie gritou. – Quero brincar de ciranda!

Laura se pôs de pé em um pulo e ergueu a mão para dar um tapa em Nellie. Deteve-se a tempo, no entanto. Pa dizia que ela nunca deveria bater em ninguém.

– Vamos, Laura – Christy disse, pegando a mão dela.

Laura sentiu o rosto queimando. Mal conseguia enxergar de raiva, mas, com as outras, fez uma roda em torno de Nellie. A menina mexia nos próprios cachos e agitava a saia porque achava que tinha conseguido o que queria. Então Christy começou a cantar, e as outras se juntaram a ela:

Tio John está de cama doente.
O que devemos lhe mandar?

– Não! Não! Ciranda, cirandinha! – Nellie gritou. – Ou eu não brinco!

Nellie abriu a roda e saiu de dentro dela, mas ninguém foi atrás.

– Você vai no meio então, Maud – Christy disse. Elas recomeçaram.

Tio John está de cama doente.
O que mandamos para ele?
Um pedaço de torta,
maçãs e bolinhos!

E onde vamos mandar?
Em uma travessa dourada.
E quem vai entregar?
A filha do governador.
Se a filha do governador não estiver,
Quem vai entregar?

Então todas as meninas gritaram:
– Laura Ingalls!
Laura entrou no meio da roda e todas dançaram em volta. Elas brincaram de Tio John até a professora tocar o sino. Nellie estava dentro da escola, chorando. Disse que estava tão brava que nunca mais falaria com Laura ou Christy.

Na semana seguinte, Nellie chamou todas as meninas para uma festa em sua casa, na tarde de sábado. E incluiu Christy e Laura no convite.

Festa na cidade

Laura e Mary nunca tinham ido a uma festa e não sabiam exatamente como seria. Ma explicou que consistia em passar momentos agradáveis com os amigos.

Depois da escola, na sexta-feira, Ma lavou os vestidos e as toucas das duas. Na manhã de sábado, ela os passou e deixou bem bonitos. Laura e Mary tomaram banho pela manhã, em vez de à noite.

– Vocês estão tão bonitas quanto um buquê de rosas – Ma disse quando as meninas desceram as escadas, vestidas para a festa. Ela amarrou os laços em seus cabelos, mas pediu que tomassem cuidado para não perdê-los. – Sejam boas meninas e lembrem-se dos bons modos.

Ao chegar à cidade, as meninas passaram para pegar Cassie e Christy. As duas também nunca tinham ido a uma festa antes. Todas caminharam tímidas até a loja.

– Entrem, entrem! – o sr. Oleson disse a elas.

As meninas atravessaram a loja, passando pelos doces, picles e arados. Quando a porta dos fundos da loja se abriu, lá estava Nellie, toda arrumada. A sra. Oleson convidou as meninas a entrar.

À BEIRA DO RIACHO

Laura nunca tinha visto uma casa tão bonita. Ela mal conseguiu dizer "Boa tarde, sra. Oleson", "Sim, senhora" e "Não, senhora".

Todo o piso era coberto por uma espécie de tecido pesado, um pouco áspero para os pés descalços de Laura. Era marrom e verde, com arabescos em vermelho e amarelo. As paredes e o teto eram revestidos de tábuas estreitas e lisas. A mesa e as cadeiras eram de uma madeira amarela que brilhava como vidro, com pernas perfeitamente redondas. Havia imagens coloridas nas paredes, adornando o ambiente.

– Podem deixar suas toucas aqui e ir para o quarto, meninas – a sra. Oleson disse, com uma voz um pouco artificial.

A cama também era de madeira brilhante, e havia dois outros móveis no quarto. Um era composto de gavetas uma em cima da outra, com duas menores no topo e duas peças curvas de madeira segurando um espelho grande mais acima. No outro móvel, havia um jarro e uma tigela grande de louça, além de um pratinho pequeno com um pedaço de sabão.

Ambos os cômodos tinham vidros nas janelas e cortinas de renda branca.

Atrás da sala havia uma extensão grande com um fogão parecido com o de Ma, e todo tipo de panelas e frigideiras penduradas nas paredes.

Todas as meninas já tinham chegado, e a saia da sra. Oleson fazia um farfalhar ao passar pelo meio delas. Laura queria ficar paradinha, olhando para tudo, mas a sra. Oleson disse:

– Traga seus brinquedos, Nellie.

– Elas podem brincar com as coisas de Willie – a menina disse.

– Não vou deixar que andem no meu velocípede! – Willie gritou.

– Então com a sua arca de Noé e seus soldadinhos – disse Nellie, e a sra. Oleson mandou que o menino ficasse quieto.

A arca de Noé era a coisa mais maravilhosa que Laura já havia visto. Todas se ajoelharam e deram gritinhos e riram diante dela. Tinha zebras, elefantes, tigres e cavalos. Todos os tipos de animais, como se fosse a própria imagem saída das páginas da Bíblia.

Willie também tinha dois exércitos de soldadinhos de chumbo, com os uniformes pontilhados em tons fortes de azul e vermelho.

Havia ainda um bonequinho articulado, feito de madeira fina e plana. Ele vestia calças e casaco de papel listrado e um chapéu alto e pontudo. Seu rosto era branco, com bochechas vermelhas e círculos ao redor dos olhos. Estava preso a dois pedaços finos de madeira vermelha que podiam ser movidos para fazê-lo dançar. Suas mãos seguravam cordões torcidos. Ele conseguia dar uma cambalhota sobre os cordões ou ficar de ponta-cabeça, com o pé no nariz.

Mesmo as meninas mais velhas não conseguiam parar de falar e soltar gritinhos por causa dos animais e dos soldadinhos, e riam até chorar do boneco articulado.

Até que Nellie se aproximou delas e disse:

– Vocês podem ver minha boneca.

A cabeça da boneca era de porcelana, com bochechas vermelhas e lisas, e sua boca também era vermelha. Seus olhos eram pretos, assim como seus cabelos ondulados, também feitos de porcelana. Suas mãozinhas e seus pezinhos eram de porcelana também, além de seus sapatinhos pretos.

– Ah! – Laura exclamou. – Ah, que boneca mais linda! Ah, Nellie, qual é o nome dela?

– É só uma boneca velha – Nellie disse. – Nem ligo mais para ela. Esperem só para ver minha boneca de cera.

Ela jogou a boneca numa gaveta e pegou uma caixa comprida, colocando-a na cama e abrindo a tampa. Todas as meninas se debruçaram em volta para ver.

Dentro da caixa, deitada ali, havia uma boneca que parecia estar viva. Seus cabelos eram dourados, cacheados, e estavam espalhados sobre o travesseirinho. Seus lábios estavam levemente abertos, revelando dois dentinhos brancos. Seus olhos estavam fechados. A boneca parecia estar dormindo dentro da caixa.

À BEIRA DO RIACHO

Quando Nellie a pegou, os olhos da boneca se abriram. Eram grandes e azuis. Ela pareceu sorrir. Então, a boneca estendeu os braços e disse:

– Mamãe!

– Ela faz isso quando aperto a barriga dela – Nellie disse. – Vejam só! O punho da menina apertou a barriga da boneca com força, e a boneca repetiu:

– Mamãe!

Seu vestido era feito de seda azul. Tinha uma anágua de verdade, com babados e renda, e até uma calcinha que podia ser retirada. Ela também usava sapatinhos de couro azul legítimo.

Durante o tempo todo, Laura ficou em silêncio. Não conseguia falar. Ela não tinha a intenção de tocar naquela boneca tão maravilhosa, mas, sem perceber, seu dedo roçou a seda azul.

– Não encoste nela! – Nellie gritou. – Mantenha as mãos longe da minha boneca, Laura Ingalls!

Nellie puxou a boneca para junto do corpo e se virou de costas, impedindo que Laura a visse devolvendo-a na caixa.

O rosto de Laura queimava de vergonha, e as outras meninas ficaram sem saber o que fazer. Laura foi se sentar em uma cadeira. As outras meninas continuaram vendo Nellie colocar a caixa em uma gaveta e a fechar. Então voltaram os olhos para os animais e os soldadinhos, e brincaram com o boneco articulado.

A sra. Oleson apareceu e perguntou por que Laura não estava brincando.

– Obrigada, senhora, mas prefiro ficar aqui sentada – Laura respondeu.

– Quer dar uma olhada nestes livros? – a sra. Oleson perguntou, passando dois a Laura.

– Muito obrigada, senhora – Laura disse.

Ela virou as páginas com todo cuidado. Um deles não era exatamente um livro, era fino e não tinha capa. Era uma revista para crianças. O outro era um livro de verdade. A capa era brilhante e grossa, mostrando a imagem de uma velha usando um chapéu pontudo e montada em uma vassoura, com uma enorme lua amarela ao fundo. Acima da cabeça dela, letras grandes diziam: MAMÃE GANSA.

Laura ficou encantada, ela não sabia que havia livros tão maravilhosos no mundo. Em cada página, havia uma imagem colorida e um pequeno verso. Laura conseguiu ler alguns, esquecendo-se completamente da festa ao seu redor.

De repente, ouviu a sra. Oleson:

– Vamos, querida. Não vai deixar que as outras comam todo o bolo, não é?

– Sim, senhora – respondeu Laura. – Não, senhora.

Uma toalha branca e lisa cobria a mesa. Sobre ela, havia um bolo lindo, decorado com açúcar, e alguns copos altos.

– O meu é o maior! – Nellie gritou, pegando um pedação de bolo. As outras meninas permaneceram sentadas, aguardando que a sra. Oleson as servisse. Ela colocava cada fatia em um pratinho de porcelana.

– A limonada está doce? – a sra. Oleson perguntou.

Só então Laura soube que o que havia nos copos era limonada. Ela nunca havia provado nada igual. No início parecia doce, mas, depois que ela comeu um pouco do bolo coberto de açúcar, pareceu azeda. As meninas responderam à sra. Oleson, com toda educação:

– Sim, senhora, obrigada.

Foram muito cuidadosas para não deixar cair nem uma migalha de bolo na toalha, nem uma gota de limonada.

Então chegou a hora de irem para casa, e Laura se lembrou de dizer, como Ma havia instruído:

– Obrigada, sra. Oleson. Me diverti muito na festa.

As outras meninas disseram o mesmo.

Depois de saírem da loja, Christy disse a Laura:

À BEIRA DO RIACHO

– Queria muito que você tivesse dado um tapa naquela malvada da Nellie Oleson.

– Ah, não! Eu não poderia! – Laura disse. – Mas ela ainda vai me pagar. Xiu! Mary não pode saber que eu disse isso.

Quando chegaram ao riacho, Jack estava esperando. Era sábado, e Laura não tinha brincado com ele. Levaria uma semana inteira para que os dois tivessem outro dia para brincar fora de casa.

As meninas contaram a Ma sobre a festa.

– Não podemos aceitar tamanha hospitalidade sem oferecer nada em troca – Ma disse. – Andei pensando, meninas, e vocês devem convidar Nellie Oleson e as outras para uma festa aqui. Talvez daqui a duas semanas.

Festa no campo

– Vocês vão à minha festa? – Laura perguntou a Christy, Maud e Nellie Oleson. Mary convidou as meninas mais velhas. Todas disseram que iriam.

Naquela manhã de sábado, a casa nova estava especialmente bonita. Jack nem podia pisar no chão limpo. As vidraças brilhavam e as cortinas com barra cor-de-rosa estavam bem branquinhas. Laura e Mary fizeram cordões de estrelinhas novos para as prateleiras, e Ma fritou bolinhos.

Eram feitos de ovos batidos e farinha branca. Ma os despejava em uma frigideira com gordura fervendo. Eles boiavam, balançando até que ela os virasse, quando a parte de baixo já estava cor de mel e inchada. Depois o outro lado inchava também, até que os bolinhos ficassem bem redondos e Ma os retirasse com um garfo.

Ela guardou todos os bolinhos no armário, porque eram para a festa.

Laura, Mary, Ma e Carrie já esperavam arrumadas quando as convidadas chegaram andando da cidade. Laura tinha até escovado os pelos curtos e brancos com manchas marrons de Jack, embora ele estivesse sempre limpo e lindo.

À BEIRA DO RIACHO

O cachorro correu com Laura até o vau. As meninas atravessaram a parte mais rasa do riacho rindo e espirrando água, com exceção de Nellie. Ela teve que tirar os sapatos e as meias e reclamou que o cascalho machucava seus pés.

– Não vou seguir descalça – ela disse. – Tenho sapatos e meias.

Nellie estava usando um vestido novo e laços novos no cabelo.

– Esse é o Jack? – Christy perguntou.

Todas fizeram carinho nele e comentaram que era um bom cachorro. Quando ele balançou o rabo educadamente para Nellie, ela disse:

– Sai! Não encosta no meu vestido!

– Jack nunca encostaria no seu vestido – Laura disse.

Elas seguiram pelo caminho, entre as gramíneas e flores selvagens balançando ao vento, até chegar à casa, onde Ma as esperava. Mary disse o nome das meninas um a um, então abriu um sorriso encantador e falou com elas. Nellie alisou seu belo vestido novo e disse a Ma:

– É claro que não vim com meu melhor vestido a uma simples festa no campo.

Laura nem pensou no que Ma havia lhe ensinado, tampouco se importou com possíveis castigo de Pa. Ela estava determinada a fazer Nellie pagar por aquilo. Nellie não podia falar daquele jeito com Ma. Tudo o que Ma disse foi:

– É um vestido muito bonito, Nellie. Ficamos felizes que tenha vindo.

Ainda assim, Laura não pretendia perdoar a menina.

As outras gostaram da casa, que era limpa e espaçosa e permitia que sentissem a brisa doce e apreciassem a vista da pradaria ao redor. As meninas subiram a escada e deram com o sótão que Laura e Mary tinham só para elas. Era um espaço especial e nenhuma delas tinha algo parecido. Foi então que Nellie perguntou:

– Onde estão suas bonecas?

LAURA INGALLS WILDER

Laura não queria compartilhar sua querida Charlotte com Nellie Oleson.

– Não brinco de boneca – ela afirmou. – Brinco no riacho.

As meninas saíram da casa acompanhadas por Jack, e Laura mostrou a elas os pintinhos perto das pilhas de feno. Elas viram a horta no quintal e a plantação de milho crescendo. Depois, desceram a colina e correram até chegar à margem baixa, onde viram o salgueiro e, sob a sombra das ameixeiras, o riacho correndo largo e raso sobre o cascalho brilhante, borbulhando sob a ponte, até a piscina onde a água chegava aos joelhos.

Mary e as meninas mais velhas desceram lentamente, levando Carrie para brincar com elas. Mas Laura, Christy, Maud e Nellie seguraram as saias acima dos joelhos e entraram correndo na água fresca. Os peixinhos se concentraram na parte mais rasa, longe dos gritos e dos respingos.

As meninas mais velhas levaram Carrie para onde a água brilhava ao sol e começaram coletar pedras bonitas ao longo da margem. As mais novas brincaram de pega-pega na ponte, correram na grama quente e depois voltaram para a água. Enquanto brincavam, Laura teve uma ideia do que poderia fazer com Nellie.

Ela levou as meninas para perto da casa do caranguejo. O barulho e os respingos o tinham afugentado para debaixo da pedra. Laura viu as garras raivosas do caranguejo e sua cabeça marrom-esverdeada espiando, e empurrou Nellie para lá. Então chutou bastante água na pedra e gritou:

– Ah, Nellie, Nellie, cuidado!

O caranguejo correu para os dedos de Nellie, batendo as garras com a intenção de pegá-los.

– Corre! Corre! – Laura gritou, empurrando Christy e Maud de volta para a ponte, depois voltando para socorrer Nellie. A menina fugiu para a água enlameada que ficava sob a ameixeira, gritando. Laura parou no cascalho e olhou para a pedra do caranguejo.

118

– Espera, Nellie – ela disse. – Fica bem aí.

– O que foi? O que foi? Ele está vindo? – Nellie perguntou. Tinha soltado o vestido, e a saia e a anágua estavam molhando.

– É um caranguejo velho – Laura disse a ela. – Capaz de cortar gravetos grandes em dois com as garras. Ele poderia cortar seus dedos fora.

– Ah, onde ele está? Está vindo para cá? – Nellie perguntou.

– Fica aí enquanto eu procuro – disse Laura, e começou a vagar sem pressa, parando e olhando. O caranguejo tinha voltado para baixo da pedra, mas Laura não disse nada. Ela se deslocou bem devagar até a ponte. Nellie ficou olhando de seu lugar sob a ameixeira. Então Laura voltou e disse: – Pode sair agora.

Nellie voltou para a água limpa. Disse que não gostava daquele riacho horrível e que não ia mais brincar. Então tentou limpar a saia enlameada e os pés sujos, e soltou um grito.

Havia sanguessugas marrons grudadas em suas pernas e em seus pés. Nellie não conseguia se livrar delas. Tentou arrancar uma, então saiu correndo para a margem. Ficou ali, movimentando as pernas com tanta força quanto possível, primeiro uma, depois a outra, sem parar de gritar.

Laura riu ao ponto de cair e rolar na grama.

– Ah, olha só! – ela gritou, entre risadas. – Nellie está dançando!

As meninas se aproximaram correndo. Mary disse a Laura para tirar as sanguessugas de Nellie, mas ela não queria saber. Continuou rolando e rindo.

– Laura! Levante agora e tire aquelas coisas dela, ou vou contar à Ma – Mary disse.

Laura começou a tirar as sanguessugas de Nellie. As outras meninas ficaram apenas observando e gritando cada vez mais enquanto ela puxava os bichos.

– Não gostei da sua festa! – Nellie gritou. – Quero ir para casa!

Ma chegou correndo, para descobrir a razão dos gritos. Ela disse que Nellie não precisava chorar, porque algumas sanguessugas não eram nada demais. Depois disse que era hora de voltarem para dentro.

A mesa estava arrumada, com a melhor toalha branca que Ma tinha e um jarro azul cheio de flores. Os bancos estavam dispostos nas laterais. Havia canecas cheias de leite fresco e cremoso, além da travessa repleta de bolinhos fritos cor de mel.

Os bolinhos não eram doces, mas eram gostosos e crocantes, ocos por dentro. Eram como bolhas grandes. As partes mais crocantes derretiam na boca.

As meninas se encheram de bolinhos. Disseram que nunca haviam provado nada tão gostoso e perguntaram como se chamavam.

– Bolinhos vaidosos – Ma disse. – Porque se incham todos, mas não têm nada por dentro.

Havia tantos bolinhos que elas comeram até não aguentar mais. Também beberam todo o leite doce e fresco que puderam. Então a festa acabou. Todas as meninas agradeceram, com exceção de Nellie, que continuava brava.

Mas Laura não se importava. Christy a abraçou e disse em seu ouvido:

– Nunca me diverti tanto! E Nellie bem que mereceu!

No fundo, Laura ficava bem satisfeita quando pensava em Nellie dançando na margem do riacho.

Na igreja

Era sábado, e Pa estava sentado nos degraus da entrada, fumando seu cachimbo depois do jantar. Laura e Mary estavam cada uma de um lado dele. Ma se balançava suavemente para a frente e para trás, ninando Carrie, dentro de casa.

O vento estava calmo. As estrelas estavam baixas e brilhantes. O céu escuro parecia profundo além delas, e o riacho sussurrava consigo mesmo.

– Soube hoje à tarde que vão fazer uma missa na igreja nova amanhã – Pa comentou. – Conheci o missionário local, o reverendo Alden, e ele nos convidou para ir. Eu disse que vamos.

– Ah, Charles – Ma exclamou. – Faz tanto tempo que não vamos à igreja!

Laura e Mary nunca tinham ido à igreja, mas perceberam, pelo tom de voz de Ma, que devia ser melhor do que ir a uma festa. Depois de um tempo, Ma acrescentou:

– Ainda bem que terminei meu vestido novo.

– Você vai ficar linda como uma rosa nele – Pa disse. – Vamos ter que acordar cedo.

LAURA INGALLS WILDER

A manhã seguinte foi agitada. Todos se apressaram para tomar o café da manhã e realizar suas tarefas, enquanto Ma correu para se arrumar e depois arrumar Carrie. Ela gritou lá para cima, com pressa na voz:

– Desçam, meninas. Vou colocar os laços em vocês.

As meninas desceram correndo e então pararam para admirar Ma. Ela estava deslumbrante em seu vestido novo. Era feito de calicô branco e preto, com uma faixa branca estreita, seguida por uma parte larga com listras pretas e brancas mais finas como fios e botões pretos na frente. A saia era mais alta e franzida na parte de trás.

O colarinho rígido tinha acabamento em crochê, assim como havia detalhes em crochê no laço do peito. Um broche de ouro prendia o colarinho e o laço. A expressão de Ma era encantadora. Suas bochechas estavam coradas e seus olhos brilhavam.

Ela virou Laura e Mary e colocou os laços nas tranças delas, trabalhando rapidamente. Em seguida, segurou a mão de Carrie e trancou a porta depois que todas saíram.

Carrie parecia um dos anjinhos da Bíblia. Usava vestido e touquinha brancos, com acabamento em renda. Seus olhos solenes estavam arregalados, seus cachos dourados caíam sobre as bochechas e despontavam da touca.

Então Laura viu seus laços cor-de-rosa nas tranças de Mary. Ela tapou a boca com a mão antes que as palavras escapassem. Em seguida, se contorceu e olhou para seu próprio cabelo. Os laços azuis de Mary estavam em suas tranças!

As duas trocaram um olhar, mas não disseram nada. Na pressa, Ma havia cometido um engano. Elas torciam para que Ma não notasse. Laura estava cansada do rosa, e Mary estava cansada do azul. Mas Mary tinha que usar azul, porque seu cabelo ela dourado, enquanto Mary tinha que usar o rosa porque seu cabelo era castanho.

À BEIRA DO RIACHO

Pa chegou do estábulo com a carroça. Tinha escovado Sam e David até que seus pelos brilhassem ao sol da manhã. Eles pisavam com orgulho, balançavam a cabeça, com a crina e o rabo sacudindo.

Havia um cobertor limpo no assento da carroça e outro estendido na parte de trás. Com cuidado, Pa ajudou Ma a subir pela roda e depois colocou Carrie no colo dela. Ao ajudar Laura a subir na parte de trás, suas tranças esvoaçaram.

– Minha nossa! – exclamou Ma. – Coloquei a fita errada no cabelo de Laura!

– Ninguém vai notar com o galope dos cavalos – disse Pa, fazendo Laura entender que poderia continuar usando os laços azuis.

Sentada ao lado de Mary sobre o cobertor limpo na parte de trás da carroça, ela passou as tranças para cima do ombro. Mary fez o mesmo, e as duas trocaram um sorriso. Assim, Laura podia ver os laços azuis sempre que olhava, e Mary podia ver os rosas.

Pa assoviava. Depois que Sam e David saíram, ele começou a cantar.

Ah, toda manhã de domingo
Minha mulher ao meu lado está
Esperamos pela carroça
E vamos todos passear!

– Charles – disse Ma, baixinho, para lembrá-lo de que era domingo. Então todos cantaram juntos:

Há uma terra de harmonia,
Que não fica nada perto,
Clara como o dia,
Onde de glória o santo é coberto.

Laura Ingalls Wilder

O riacho deixava as sombras dos salgueiros e se estendia amplo e plano, cintilando ao sol. Sam e David trotaram pela água rasa e gotas brilhantes voaram enquanto as ondas batiam contra as rodas. De repente, eles estavam de volta à pradaria infinita.

A carroça seguia suavemente pela estrada, quase não deixando rastro na grama verde. Pássaros entoavam suas canções matinais, e abelhas zumbiam enquanto algumas iam de flor em flor. Grandes gafanhotos saltavam para longe.

Eles chegaram à cidade bem rápido. O ferreiro estava fechado, assim como as portas das lojas. Alguns homens e mulheres bem-vestidos caminhavam pela rua principal, que era de terra, acompanhados dos filhos. Todos estavam indo para a igreja.

A igreja era uma construção nova, não muito distante da escola. Pa conduziu a carroça até lá, atravessando a pradaria. Poderia até parecer a escola, se não fosse pelo fato de que tinha um quartinho aberto e vazio no telhado.

– O que é aquilo? – Laura perguntou.

– Não aponte, Laura – disse Ma. – É o campanário.

Pa parou a carroça diante da entrada alta da igreja. Ele ajudou Ma a sair, enquanto Laura e Mary saltaram sozinhas pela lateral, com um pulo. Elas ficaram todas esperando Pa seguir até uma sombra, desatrelar os cavalos e os amarrar à carroça.

As pessoas chegavam pela grama, subiam os degraus e entravam na igreja. De lá de dentro, vinha um burburinho solene e baixo.

Finalmente, Pa retornou. Ele pegou Carrie no colo e entrou com Ma na igreja. Laura e Mary caminhavam devagar, próximas a eles. Todos se sentaram no mesmo banco comprido.

A igreja era muito semelhante à escola, exceto pela sensação estranha de vazio e amplitude que se tinha lá dentro. Cada barulhinho parecia ecoar alto pelas paredes de madeira novas.

À BEIRA DO RIACHO

Havia um homem alto e magro atrás de um púlpito no altar. Ele estava vestido de preto, usava um plastrão, e seu cabelo e sua barba também eram pretos. Sua voz era suave e bondosa. Todos inclinaram suas cabeças em respeito. O homem falou sobre Deus por um bom tempo, enquanto Laura permanecia imóvel, fixando seu olhar nos laços azuis em suas tranças.

De repente, uma voz disse ao lado dela:

– Venham comigo.

Laura levou um grande susto. Uma mulher bonita se encontrava ali, com olhos azuis suaves, sorrindo. Ela repetiu:

– Venham comigo, meninas. Vai começar a aula da escola dominical.

Ma assentiu para elas, e Laura e Mary deixaram o banco. Elas não tinham ideia de que teriam aula no domingo.

A mulher as levou para um canto, onde todas as meninas da escola estavam presentes, com olhares interrogativos. A mulher arrastou alguns bancos de modo a formar um quadrado e se sentou, colocando Laura e Christy ao seu lado. Depois que as outras meninas estavam acomodadas nos bancos, a mulher se apresentou como a sra. Tower e perguntou o nome das outras. Em seguida, ela disse:

– Agora vou contar a vocês uma história!

Laura ficou muito animada.

– É sobre um bebê que nasceu no Egito há muito tempo – a sra. Tower prosseguiu. – O nome dele era Moisés.

Laura não ouviu mais nada depois disso. Ela já sabia sobre Moisés no cesto. Até Carrie sabia.

Depois de contar a história, a sra. Tower sorriu mais do que nunca e disse:

– Agora, vamos aprender alguns versículos da Bíblia! O que acham?

– Sim, senhora – as meninas disseram. A sra. Tower recitou um versículo da Bíblia a cada uma. Elas teriam que decorá-los e repeti-los no próximo domingo. Seria a tarefa de casa da escola dominical.

Chegando a vez de Laura, a sra. Tower a abraçou e abriu um sorriso quase tão caloroso e doce quanto o de Ma.

– A menor de todas deve ter a tarefa mais curta. Vou escolher o versículo mais curto da Bíblia.

Laura já sabia qual era. Os olhos da sra. Tower pareciam sorrir quando ela disse:

– Tem duas palavras! – Ela as pronunciou e perguntou: – Você acha que consegue se lembrar até a semana que vem?

Laura ficou surpresa com a sra. Tower. Ora, ela conseguia memorizar versículos maiores e até mesmo músicas inteiras! Mas não queria magoá-la, então apenas respondeu:

– Sim, senhora.

– Essa é minha menina! – a sra. Tower falou. Mas Laura era a menina de Ma. – Vou repetir para ajudar você a lembrar. São apenas duas palavras. – A sra. Tower repetiu o versículo. – Agora você.

Laura fez uma careta, expressando certo desconforto.

– Tente – a mulher insistiu. Laura abaixou a cabeça e repetiu o versículo. – Muito bem! – exclamou a sra. Tower. – Você vai fazer o seu melhor para guardar e recitar o versículo para mim no próximo domingo?

Laura assentiu com a cabeça.

Logo em seguida, todas as meninas se levantaram. Elas abriram a boca e tentaram cantar "Jerusalém dourada". Poucas meninas conheciam a letra. Laura sentiu o desconforto percorrendo suas costas e seus ouvidos doeram. Ela ficou aliviada quando todas voltaram a se sentar.

Então, o homem alto e magro se levantou e começou a falar.

Laura achou que ele nunca pararia. Ela olhou através das janelas abertas, observando as borboletas que voavam livremente. Ela contemplou a grama balançando ao vento e ouviu o gemido do vento contra o telhado.

À BEIRA DO RIACHO

Seus olhos se fixaram nos laços azuis em seu cabelo e depois olhou para cada unha de sua mão, admirando como seus dedos se encaixavam. Em seguida, ela posicionou os dedos de lado, como se fossem a parede de uma casa de toras. Ela também observou as telhas do teto. Suas pernas começaram doer de tanto tempo sentada.

Finalmente, todos se levantaram e tentaram cantar novamente. E, então, terminou. Eles podiam ir para casa.

O homem alto e magro estava na porta. Era o reverendo Alden. Ele apertou a mão de Ma e depois a de Pa, e eles conversaram um pouco.

Depois, o reverendo Alden se inclinou e apertou a mão de Laura.

Seus dentes apareceram por entre a barba escura quando sorriu. Seus olhos eram azuis e calorosos.

– Gostou da escola dominical, Laura? – ele perguntou.

De repente, Laura sentiu que realmente tinha gostado.

– Sim, senhor.

– Então você precisa vir todos os domingos – ele disse. – Estaremos esperando por você.

Laura sabia que ele realmente estaria esperando. Ela não iria esquecer.

No caminho de volta para casa, Pa disse:

– Foi agradável se reunir com outras pessoas, tentando fazer a coisa certa tanto quanto nós, não foi, Caroline?

– Foi, Charles – Ma disse, agradecida. – E será um prazer esperar por isso a semana toda.

Pa se virou no assento e perguntou:

– O que acharam de sua primeira ida à igreja?

– As pessoas não sabem cantar – disse Laura.

Pa soltou uma risada estrondosa.

– Não tinha ninguém com um diapasão para controlar a cantoria – ele explicou.

– Hoje em dia as pessoas têm hinários, Charles – Ma disse.

– Bem, talvez um dia possamos comprar também – Pa disse.

Depois daquele dia, elas passaram a frequentar a escola dominical. De tempos em tempos, viam o reverendo Alden e então havia missa. Ele morava em outra igreja, no Leste, e não podia viajar até ali todo domingo. Aquela era apenas a igreja no Oeste, onde ele atuava como missionário.

Não houve mais domingos longos, tediosos e cansativos, porque sempre tinham a escola dominical e depois conversavam a respeito. Os melhores domingos eram aqueles em que o reverendo Alden estava presente. Ele nunca se esquecia de Laura, e às vezes ela se recordava dele durante a semana. O reverendo costumava chamar Laura e Mary de suas "meninas do campo".

Um domingo, enquanto Pa, Ma, Mary e Laura estavam sentados à mesa para jantar, conversando sobre a escola dominical, Pa disse:

– Se vou ficar encontrando pessoas bem-vestidas, vou precisar de um par de botas novo. Olhem só para isso.

Ele estendeu uma perna. A bota remendada tinha aberto nos dedos.

Todos olharam para a meia vermelha aparecendo. A beirada do couro estava fina e recolhida. Pa disse:

– Não vão aguentar outro remendo.

– Ah, eu queria que você tivesse comprado botas novas, Charles – Ma disse. – Mas você voltou com o tecido para meu novo vestido.

Pa tomou uma decisão.

– Vou comprar um par novo quando for à cidade no sábado. Custa três dólares, mas podemos dar um jeito até colher o trigo.

Pa passou a semana inteira preparando feno. Tinha ajudado a guardar o feno do sr. Nelson e, em troca, pudera usar a segadeira dele, que era boa e rápida. Pa disse que o clima estava ótimo para preparar feno. Nunca tinha visto um verão tão seco e ensolarado.

À BEIRA DO RIACHO

Laura odiava ter que ir à escola. Ela preferia ficar no campo com Pa, observando aquela maravilhosa máquina movendo suas longas lâminas atrás das rodas, cortando grandes faixas de gramas de uma vez só.

Na manhã de sábado, ela seguiu na carroça até o campo e ajudou Pa a carregar a última carga de feno. Os dois olharam para a plantação de trigo, além do terreno ceifado, que já estava mais alta que Laura. As espigas do topo se curvavam com o peso do trigo amadurecendo. Eles colheram três espigas compridas e gordas e levaram para casa para mostrar a Ma.

Pa disse que, quando colhessem o trigo, pagariam todas as dívidas e teriam tanto dinheiro que nem saberiam o que fazer com ele. Teriam uma carruagem leve, Ma teria um vestido de seda e todos ganhariam novos sapatos e comeriam carne bovina aos domingos.

Depois do almoço, ele vestiu uma camisa limpa e pegou três dólares do estojo da rabeca. Precisava ir à cidade comprar botas novas, e iria caminhando, porque os cavalos tinham trabalhado a semana toda e precisavam descansar um pouco.

Já era tarde quando Pa chegou. Laura o viu de longe, e ela e Jack, que estavam no riacho perto da casa do caranguejo, subiram a colina correndo para encontrá-lo em casa.

Ma deu as costas para o fogão. Tinha acabado de tirar o pão de sábado do forno.

– E suas botas, Charles? – ela perguntou.

– Bem, Caroline, encontrei o reverendo Alden, e ele me contou que não conseguiu dinheiro suficiente para colocar um sino no campanário. As pessoas da cidade contribuíram como podiam, mas ainda faltavam três dólares. Então dei a ele o dinheiro.

– Ah, Charles! – foi tudo o que Ma disse.

Pa olhou para suas botas rachadas.

LAURA INGALLS WILDER

– Posso remendar – ele disse. – Vou dar um jeito para que elas aguentem. Vai dar para ouvir o sino da igreja tocando daqui, sabia?

Ma se virou depressa para o fogão. Laura saiu, em silêncio, e se sentou no degrau da frente. Um nó se formou em sua garganta. Ela desejava muito que Pa tivesse botas novas.

– Não tem problema, Caroline – ela ouviu Pa dizer. – A colheita do trigo não tarda muito.

A nuvem cintilante

O trigo estava quase pronto para a colheita. Pa dava uma olhada nele todos os dias e falava a respeito dele todas as noites, mostrando a Laura as espigas compridas e rígidas. Os grãos estavam endurecendo dentro da casca. Pa dizia que era o clima perfeito para o trigo amadurecer.

– Se continuar assim, poderemos começar a colher na próxima semana.

O tempo estava bem quente, tanto que era difícil olhar para o céu. O ar parecia subir em ondas por toda a pradaria, como se saísse de um fogão quente. Na escola, as crianças ofegavam como lagartos. Um líquido pegajoso escorria das tábuas de pinheiro nas paredes.

Na manhã de sábado, Laura saiu com Pa para dar uma olhada na plantação, que estava quase tão alta quanto ele. Pa a colocou em seu ombro para que ela pudesse ver além das espigas pesadas que se inclinavam. O terreno estava entre verde e dourado.

No almoço, Pa contou tudo a Ma. Ele nunca tinha visto uma safra igual. Cada acre renderia trigo o bastante para ser vendido por quarenta dólares. Eles ficariam ricos. Aquela terra era maravilhosa. Eles poderiam ter tudo o que quisessem. Ao ouvir isso, Laura ficou pensando que agora Pa poderia ter botas novas.

Ela estava sentada de frente para a porta, por onde o sol entrava, até que algo pareceu bloqueá-lo. Laura esfregou os olhos e prestou mais atenção. O sol estava mesmo fraco. Foi diminuindo em intensidade até quase se apagar.

– Acho que vai cair uma tempestade – disse Ma. – Deve ter uma nuvem bloqueando o sol.

Pa se levantou rapidamente e foi até a porta. Uma tempestade poderia prejudicar o trigo. Ele olhou para fora e depois saiu.

A luz estava estranha. Não era como a luz que precedia uma tempestade. O ar não estava abafado como antes de uma tempestade. Laura estava assustada, embora não soubesse o motivo.

Ela correu para fora, na direção em que Pa estava olhando para o céu. Ma e Mary saíram também.

– O que acha, Caroline? – ele perguntou.

Uma nuvem realmente cobria o sol, mas era diferente de qualquer outra nuvem que já tivessem visto. Parecia ser feita de flocos de neve, ou de algo maior que flocos de neve, fino e cintilante. A luz refletia-se em cada partícula.

Não havia vento. As gramíneas estavam paradas, assim como o ar quente, mas a nuvem parecia se mover depressa pelo céu. Os pelos das costas de Jack se arrepiaram. De repente, ele soltou um ruído assustador em direção à nuvem, que era ao mesmo tempo um rosnado e um lamento.

Tum! Algo atingiu a cabeça de Laura e caiu no chão. Ela olhou para baixo e lá estava o maior gafanhoto que já tinha visto. De repente, enormes gafanhotos marrons começaram a cair ao seu redor, atingindo sua cabeça, seu rosto e seus braços. Eles caíam como granizo.

Chovia gafanhotos. Na verdade, era uma nuvem de gafanhotos. Os insetos escondiam o sol e deixavam tudo escuro. Suas grandes e finas asas cintilavam. O zumbido produzido pelo atrito delas preenchia o ar. O

À BEIRA DO RIACHO

barulho dos gafanhotos batendo contra o chão e a casa era semelhante ao de uma tempestade de granizo.

Laura tentou espantá-los, mas suas patas se agarravam à pele e ao vestido dela. Os insetos fixaram seus olhos protuberantes nela, virando a cabeça para um lado para o outro. Mary correu para dentro, gritando. Os gafanhotos cobriam o chão, de modo que eles não tinham nem onde pisar agora. Laura acabou pisando em alguns deles, que se transformaram em uma gosma pegajosa sob seus pés.

Ma correu para fechar as janelas de toda a casa. Pa entrou e ficou perto da porta da frente, observando o que estava acontecendo lá fora. Laura e Jack permaneceram bem atrás dele. Gafanhotos caíam do céu e se espalhavam pelo terreno. Suas asas compridas estavam dobradas, suas pernas fortes permitiam que eles saltassem por toda parte. Havia um zumbido constante no ar, e continuava soando como se uma tempestade de granizo atingisse o telhado.

Então Laura ouviu um barulho diferente, um barulho que lembrava mordidas e mastigação.

– O trigo! – Pa gritou. Ele saiu pela porta dos fundos e correu em direção à plantação.

Os gafanhotos estavam devorando tudo. Era impossível ouvir um único gafanhoto comendo, a menos que você o estivesse segurando na mão e prestasse atenção com cuidado enquanto ele se alimentava da grama. Mas agora, milhões e milhões de gafanhotos estavam comendo juntos. Era possível ouvir o som de inúmeras mandíbulas mordendo e mastigando.

Pa voltou correndo para o estábulo. Através da janela, Laura o viu atrelando Sam e David na carroça. Ele começou a passar o feno velho e sujo da pilha de esterco para a carroça o mais rápido que podia. Ma correu para fora, pegou outro forcado e começou a ajudar. Em seguida, Pa seguiu com a carroça em direção à plantação, e Ma o seguiu.

Pa contornava o campo, jogando pequenos montes de feno enquanto avançava. Ma se abaixava sobre cada monte, e então uma fumaça começava a subir e a se espalhar. Ela ia acendendo os montes um a um. Laura ficou observando até que a fumaça encobrisse a plantação, Ma, Pa e a carroça.

Os gafanhotos continuavam a cair do céu, e a luz permanecia fraca devido ao bloqueio do sol por eles.

Ma voltou para a casa, tirou o vestido e a anágua e sacudiu-os para se livrar dos gafanhotos que haviam caído neles. Ela tinha acendido fogueiras ao redor de toda a plantação. Talvez a fumaça impedisse que os gafanhotos devorassem o trigo.

Ma, Mary e Laura ficaram em silêncio na casa fechada e abafada. Carrie ainda era tão pequena que não conseguia parar de chorar, mesmo nos braços de Ma. Ela continuou chorando até pegar no sono. Do lado de fora das paredes, podia se ouvir o som dos gafanhotos comendo.

A escuridão passou. O sol voltou a brilhar. Por todo o terreno, via-se uma massa de gafanhotos rastejando e saltando. Eles tinham comido toda a grama macia e curta da colina. As gramíneas mais altas da pradaria se sacudiam ao vento, dobravam-se e tombavam.

– Olha – Laura disse, baixo, voltada para a janela.

Os gafanhotos estavam comendo a copa dos salgueiros. As folhas já estavam escassas, e galhos nus se destacavam. Em seguida, ramos inteiros cobertos por uma massa de gafanhoto em cima.

– Não quero mais olhar – Mary disse, afastando-se da janela. Laura tampouco queria, mas não conseguia evitar.

Era engraçado ver as galinhas. Duas delas e seus filhotes desajeitados estavam comendo gafanhotos com grande entusiasmo. Estavam acostumadas a correr depressa atrás dos gafanhotos, com o pescoço abaixado, mas sem conseguir pegá-los. Agora, bastava esticar um pouco o pescoço

À BEIRA DO RIACHO

e pegavam um gafanhoto. Elas pareciam surpresas, baixavam o pescoço e tentavam se virar em diferentes direções rapidamente.

– Bem, pelo menos não vamos ter que comprar nada para dar de comer às galinhas – disse Ma. – Não há nenhuma grande perda sem algum ganho.

As fileiras da horta estavam murchas. Batatas, cenouras, beterrabas e legumes estavam sendo devorados. Assim como as folhas compridas dos pés de milho, e as flores e as espigas jovens, cobertas pela casca ainda verde, caíam no chão coberto de gafanhotos.

Não havia nada que pudessem fazer.

A fumaça ainda encobria o campo de trigo. Às vezes, Laura conseguia avistar Pa se movendo por lá. Porém, a fumaça densa voltava a escondê-lo quando ele reacendia o fogo quase apagado.

Quando chegou a hora de buscar Mancha, Laura vestiu suas meias, sapatos e xale. A vaca estava no vau do riacho, tremendo e balançando o rabo. O rebanho passou pelo velho abrigo e mugia tristemente. Laura tinha certeza de que não podiam comer aquela grama cheia de gafanhotos. Se a praga devorasse tudo, eles morreriam de fome.

Os gafanhotos cobriram sua anágua, seu vestido e seu xale. Ela os tirava do rosto e das mãos constantemente. Seus sapatos e as patas de Mancha esmagavam inúmeros deles.

Ma saiu, com seu xale, para ordenhar a vaca. Laura a ajudou. Era impossível manter os gafanhotos longe do leite. Ma tinha trazido um pano para cobrir o balde, mas durante a ordenha ficava descoberto e eles continuavam a entrar. Ela teve que retirá-los com uma caneca.

Os gafanhotos também entraram com elas na casa. Suas roupas estavam lotadas deles. Mary estava começando a preparar o jantar e alguns pularam no fogão quente. Ma deixou a comida coberta enquanto os perseguia e matava todos eles. Em seguida, ela varreu os gafanhotos e jogou-os no fogão.

Pa ficou dentro de casa apenas tempo suficiente para jantar, enquanto Sam e David também comiam. Ma não perguntou sobre o trigo. Ela apenas sorriu e disse:

– Não se preocupe, Charles. Sempre damos um jeito. – Quando Pa pigarreou, ela sugeriu: – Tome outra xícara de chá. Vai ajudar a tirar a fumaça da sua garganta.

Ele bebeu e depois voltou para a plantação com mais uma carga de feno velho e esterco.

Mesmo de suas camas, Laura e Mary ainda podiam ouvir o zumbido incessante, o som das mordidas e a mastigação dos gafanhotos. Ainda que não houvesse nenhum inseto na cama, Laura sentia como se patinhas rastejassem pelo seu corpo. Na escuridão do quarto, ela imaginava os olhos esbugalhados dos insetos e sentia suas perninhas se movendo sobre ela. Finalmente, Laura conseguiu pegar no sono.

Na manhã seguinte, Pa não estava em casa. Ele havia trabalhado a noite toda para manter a fumaça que protegeria o trigo, e não havia voltado para o café da manhã. Continuava na plantação, dedicado ao trabalho.

A paisagem da pradaria havia mudado. As gramíneas não balançavam mais, agora estavam murchas e sem vida. O sol nascendo lançava sombras por todo o terreno, destacando especialmente onde as gramíneas altas tombavam umas sobre as outras.

Os salgueiros estavam despidos de suas folhas e apenas alguns frutos resistiam nos galhos sem folhas das ameixeiras. O som dos gafanhotos mordendo e roendo prosseguia.

Ao meio-dia, Pa surgiu em meio à fumaça, sentado na carroça. Ele levou Sam e David para o estábulo e voltou para casa, com passos lentos. Seu rosto estava preto e seus olhos estavam vermelhos. Ele pendurou o chapéu no prego atrás da porta e sentou-se à mesa.

À BEIRA DO RIACHO

– Não adianta, Caroline – disse ele. – A fumaça não consegue parar os gafanhotos. Eles saltam de todos os lados. O trigo está sendo derrubado. Os gafanhotos cortam como se estivessem usando foices. E devoram o trigo, com palha e tudo.

Pa apoiou os cotovelos na mesa e escondeu o rosto nas mãos. Laura e Mary permaneceram em silêncio em seus lugares. Carrie, no cadeirão, foi a única que sacudiu sua colher e estendeu a mãozinha para o pão.

– Vai ficar tudo bem, Charles – Ma disse. – Já passamos por dificuldades antes.

Laura olhou para as botas remendadas de Pa debaixo da mesa. Sua garganta apertou e doeu. Ele não teria botas novas.

Pa tirou as mãos do rosto e pegou o garfo e a faca. Seus lábios sorriam, mas seus olhos não brilhavam. Estavam opacos e sombrios.

– Não se preocupe, Caroline – ele disse. – Fizemos tudo o que podíamos e vamos encontrar uma maneira de superar isso.

Então Laura se lembrou de que a casa nova não estava paga. Pa tinha dito que pagaria com a colheita do milho.

Eles permaneceram em silêncio enquanto comiam. Em seguida, exausto, Pa deitou-se no chão e pegou no sono. Ma colocou um travesseiro debaixo de sua cabeça e levou um dedo aos lábios, pedindo que Laura e Mary não fizessem barulho. Elas levaram Carrie para o quarto e brincaram com as bonecas de papel, bem quietinhas. O único som que se ouvia era dos gafanhotos comendo.

Durante vários dias, os gafanhotos continuaram comendo tudo. Eles devoraram todo o trigo e a aveia, consumiram todo o verde – toda a horta e todas as gramíneas da pradaria.

– Ah, Pa... O que os coelhos vão fazer? – Laura perguntou. – E os pobres pássaros?

– Olhe em volta, Laura – respondeu Pa.

Os coelhos tinham desaparecido. Os pássaros menores também não estavam mais lá. Os pássaros maiores comiam gafanhotos. As galinhas também esticavam o pescoço para pegá-los.

Quando o domingo chegou, Pa, Laura e Mary caminharam até a cidade para a escola dominical. O sol brilhava tão forte e quente que Ma decidiu ficar em casa com Carrie. Pa preferiu deixar Sam e David na sombra do estábulo.

Fazia muito tempo que não chovia. Laura pisou em pedras secas para atravessar o riacho. A pradaria estava vazia e marrom. Milhares de gafanhotos marrons zumbiam embaixo da terra. Não se via nenhum verde.

Durante todo o caminho, Laura e Mary tiveram que afastar os gafanhotos. Quando chegaram à igreja, encontraram alguns deles em suas anáguas. Elas levantaram as saias e os tiraram antes de entrar. No entanto, por mais cuidadosas que tivessem sido, os gafanhotos tinham deixado manchas em seus vestidos de domingo, que eram os melhores que tinham.

Nada parecia tirar aquelas manchas horríveis, e a partir dali as meninas teriam que usar os vestidos daquele jeito.

Muitas pessoas da cidade estavam voltando para o Leste, incluindo Christy e Cassie. Laura e Mary tiveram que se despedir delas, pois eram as melhores amigas das duas.

Elas não foram mais à escola, pois precisavam economizar os sapatos para o inverno e não podiam caminhar descalças sobre os gafanhotos. Além disso, as aulas logo terminariam, e Ma sugeriu que ela mesma ensinasse as duas durante o inverno, para que não ficassem atrasadas quando a escola reabrisse na primavera.

Enquanto isso, Pa trabalhou para o sr. Nelson para poder utilizar o arado dele. Ele começou a trabalhar na terra onde tinha sido plantado o trigo, com o intuito de prepará-la para o ano seguinte.

Ovos de gafanhoto

Um dia, Laura e Jack foram até o riacho. Mary gostava de passar a tarde lendo e fazendo contas na lousa, mas Laura estava cansada daquilo. No entanto, a paisagem ao redor estava tão triste que ela também não se divertia brincando.

O riacho estava praticamente seco, não passava de um fio de água correndo sobre a areia e o cascalho. O salgueiro, agora sem folhas, não oferecia mais sombra à ponte. A água parada sob a ameixeira sem folhas estava nojenta, e o caranguejo já havia ido embora.

A terra seca queimava, assim como o sol escaldante, e um tom de cobre predominava no céu. O zumbido constante dos gafanhotos parecia aumentar ainda mais o calor. A pradaria já não exalava um aroma agradável.

Foi então que Laura notou algo esquisito. Os gafanhotos estavam imóveis por toda a colina, com suas traseiras encostadas no chão. Eles não se moviam, nem mesmo quando Laura tentava cutucá-los.

Com um galho, ela conseguiu afastar um deles do buraco em que estava e desenterrou algo cinza. Parecia um verme gordo, mas não estava vivo.

Laura não fazia ideia do que era. Jack deu uma cheirada, mas também não conseguiu identificar.

Laura seguiu em direção à plantação de trigo para perguntar a Pa a respeito, mas ele não estava trabalhando a terra. Sam e David estavam parados, atrelados ao arado, enquanto Pa caminhava pelo terreno, perdido em pensamentos. Então, ele foi até o arado e o levantou, depois conduziu os cavalos de volta ao estábulo.

Laura sabia que algo terrível tinha acontecido para Pa interromper o trabalho no meio da manhã. Ela correu o mais rápido que pôde para o estábulo, onde encontrou Sam e David em suas baias. Pa estava pendurando os arreios suados. Ele saiu e não sorriu para Laura, e ela o seguiu devagar até em casa.

Quando Ma o viu, disse:

– Charles! Qual é o problema agora?

– Os gafanhotos estão pondo ovos – ele explicou. – O terreno está lotado deles. Se olhar pela porta, poderá ver os buracos onde os ovos estão enterrados superficialmente. Estão em todo o campo de trigo, em toda a parte, sem nem um dedo de distância entre um e outro. Dê uma olhada.

Ele tirou uma das coisinhas cinzas do bolso e mostrou a ela.

– Esse é apenas *um* aglomerado de ovos. Abri alguns, e há cerca de trinta e cinco a quarenta em cada um. Cada buraco tem um desses. E a cada dez centímetros podemos encontrar de oito a dez. Estão por todo o terreno.

Ma sentou-se em uma cadeira e deixou as mãos penderem nas laterais do corpo.

– Temos tantas chances de conseguir colher no ano que vem quanto de voar – Pa disse. – Quando os ovos eclodirem, não restará nada de verde nesta parte do mundo.

– Ah, Charles! – exclamou Ma. – O que vamos fazer?

Pa se sentou no banco e disse:

À BEIRA DO RIACHO

– Não sei.

As tranças de Mary surgiram balançando no buraco da escada. Logo seu rosto apareceu, voltado para eles. Ela olhou ansiosa para Laura, que retribuiu o olhar. Então Mary desceu, sem fazer barulho algum. Ela se pôs ao lado de Laura, com as costas contra a parede.

Pa endireitou o corpo. Seus olhos opacos se iluminaram, intensos. Tinham um brilho diferente do habitual.

– Mas sei de uma coisa, Caroline – ele disse. – Uma praga irritante não vai nos derrubar! Vamos fazer alguma coisa! Você vai ver! De alguma forma, vamos nos virar!

– Sim, Charles – Ma disse.

– Por que não? – disse Pa. – Estamos saudáveis, temos um teto sobre nossas cabeças, estamos melhores do que muita gente. Vamos almoçar cedo, Caroline. Vou para a cidade. Vou encontrar algo para fazer. Não se preocupe!

Enquanto Pa estava na cidade, Ma, Mary e Laura prepararam um bom jantar para ele. Ma escaldou uma panela de leite azedo e fez lindas bolas brancas de queijo cottage. Mary e Laura fatiaram batatas cozidas frias, e Ma fez um molho. Havia pão, manteiga e leite para acompanhar.

Então elas lavaram e pentearam seus cabelos. Colocaram seus melhores vestidos e colocaram fitas nas tranças. Puseram o vestidinho branco e o colar de contas indígenas em Carrie e pentearam o cabelo dela. Quando Pa chegou pela colina cheia de gafanhotos, todas estavam esperando por ele.

O jantar foi animado. Quando terminaram de comer, Pa afastou o prato e disse:

– Então, Caroline…

– Sim, Charles? – Ma perguntou.

– Encontrei uma solução – disse Pa. – Vou para o Leste amanhã de manhã.

– Ah, Charles, não! – Ma exclamou.

– Está tudo bem, Laura – ele disse, querendo dizer que ela não devia chorar, então ela não chorou.

– É a época da colheita lá – Pa disse a elas. – Os gafanhotos só chegaram a cerca de cento e cinquenta quilômetros daqui. É a única oportunidade que tenho de conseguir trabalho, e todos os homens do Oeste estão a caminho de lá. Preciso ser rápido.

– Se você acha que é o melhor a fazer, eu e as meninas podemos nos virar – Ma disse. – Mas, ah, Charles, vai ser uma jornada difícil para você!

– Imagine! O que são algumas centenas de quilômetros? – disse Pa. Ele olhou para suas botas velhas e remendadas, e Laura percebeu que ele estava se perguntando se elas aguentariam até tão longe. – Algumas centenas de quilômetros não são nada!

Então Pa tirou a rabeca do estojo e tocou por um bom tempo, enquanto o crepúsculo se aproximava. Laura e Mary sentaram-se próximas a ele, enquanto Ma embalava Carrie.

Ele tocou "Aqui no Sul" e "Vamos nos reunir ao redor da bandeira, rapazes!". Tocou "As flores azuis do outro lado da fronteira" e "Ó, Susana, não chore por mim. Pois eu volto pro Alabama pra tocar meu banjo assim".

Também tocou "Os Clampbell estão vindo, viva, viva!". E "A vida nos permite desfrutar". Então guardou a rabeca. Era hora de ir para a cama, pois precisava partir cedo pela manhã.

– Tome conta da minha velha rabeca, Caroline – ele disse. – É o que dá vida a um homem.

Ao alvorecer, depois do café da manhã, Pa se despediu de todas com um beijo e partiu. Ele levava uma camisa e um par de meias enrolados dentro do suéter, pendurado em seu ombro. Antes de cruzar o riacho, ele olhou para trás e acenou. Depois seguiu em frente sem se virar novamente, até desaparecer de vista. Jack permaneceu ao lado de Laura.

À BEIRA DO RIACHO

Após a partida de Pa, ninguém se moveu por um momento. Então Ma falou, animada:

– Agora teremos de cuidar de tudo, meninas, e é hora de levar a vaca para encontrar o rebanho.

Ela entrou na casa com Carrie, enquanto Laura e Mary correram para pegar Mancha no estábulo e conduzi-la até o riacho. Não havia mais vegetação na pradaria, de modo que o gado faminto tinha que pastar ao longo da margem do riacho, comendo os brotos dos salgueiros e das ameixeiras, além da escassa grama seca e morta que restara do verão.

Chuva

Depois que Pa partiu, tudo parecia ter perdido o encanto. Laura e Mary não conseguiam sequer contar os dias até que ele voltasse. A imagem de Pa se distanciando cada vez mais, em suas botas remendadas, assombrava seus pensamentos.

Jack agora era um cachorro maduro e seu focinho ficara cinza. Ele frequentemente olhava para a estrada vazia por onde Pa tinha seguido, suspirava e se deitava. Parecia que ele não acreditava que ele voltaria.

A pradaria devastada e seca se estendia plana sob o céu. Redemoinhos surgiam e varriam a paisagem. À distância, pareciam rastejar como cobras. Ma explicava que eram causados pelas intensas ondas de calor.

Somente dentro de casa havia sombra, pois os salgueiros e as ameixeiras continuavam sem folhas. O riacho estava seco, restando apenas pequenas poças d'água que formavam piscinas. O poço também estava seco, e a nascente perto do abrigo não passava de uma bica. Ma deixava um balde ali durante a noite para enchê-lo. Pela manhã, ela o levava para casa e deixava outro balde para encher durante o dia.

À BEIRA DO RIACHO

Depois de terminarem as tarefas da manhã, Ma, Mary, Laura e Carrie ficavam reunidas dentro de casa. O vento quente passava zunindo e o gado faminto não parava de mugir.

Mancha estava muito magra. Seus ossos dos quadris despontavam, suas costelas estavam aparentes e seus olhos pareciam fundos. Ela passava o dia junto com o restante do rebanho, mugindo e procurando algo para comer. Eles haviam devorado todos os pequenos arbustos ao longo do riacho e os galhos dos salgueiros que alcançavam. A produção de leite de Mancha diminuía a cada dia que passava, e o gosto era amargo.

Sam e David permaneciam no estábulo. Eles não podiam comer todo o feno que queriam, pois as pilhas precisavam durar até a próxima primavera. Quando Laura os levava pelo leito seco do riacho até a antiga piscina, eles franziam o focinho para a água quente e suja, mas eram obrigados a beber dela. As vacas e os cavalos também precisavam enfrentar a dura realidade.

Numa noite de sábado, Laura foi até a casa dos Nelson para verificar se Pa havia mandado alguma carta, seguindo o caminho que saía da ponte. Ele não passava por lugares agradáveis, apenas levava até os Nelson.

A casa do sr. Nelson era grande e baixa, com paredes de tábuas caiadas. Tinha um estábulo comprido e baixo, com uma camada grossa de feno no telhado. Não se assemelhava à casa nem ao estábulo de Pa. Ficavam próximos ao solo, ao lado de uma encosta na pradaria, e pareciam ter um estilo norueguês.

Por dentro, a casa era tão limpa que chegava a brilhar. Havia uma cama grande com colchão alto, recheado de penas, e travesseiros fofos. Pendurado em uma parede, havia um belo quadro de uma senhora vestida de azul. A moldura era larga e dourada, protegida por um mosquiteiro rosa.

Infelizmente, Pa não tinha escrito. A sra. Nelson disse que o marido passaria novamente no correio no sábado seguinte.

– Obrigada, senhora – Laura disse, e voltou correndo pelo mesmo caminho. Ela atravessou a ponte lentamente e subiu a colina ainda mais devagar.

– Não se preocupem, meninas – disse Ma. – No próximo sábado receberemos uma carta.

Mas, infelizmente, no sábado seguinte, nenhuma carta tinha chegado.

As meninas não puderam mais frequentar a escola dominical. Carrie não conseguia andar tanto e estava pesada demais para ser carregada por Ma. Laura e Mary precisavam economizar seus sapatos, pois não podiam ir descalças para a escola dominical. Se gastassem seus sapatos, não teriam o que usar durante o inverno.

Agora, aos domingos, elas vestiam seus melhores vestidos, mas não calçavam os sapatos ou colocavam os laços nos cabelos. Em vez disso, recitavam versículos para Ma, que lia a Bíblia para elas.

Em uma ocasião, Ma leu sobre a praga de gafanhotos dos tempos bíblicos:

– *Os gafanhotos invadiram o Egito e se espalharam por toda a sua extensão. Eram repugnantes. Cobriram toda a face da terra, deixando-a escura. Devoraram toda a vegetação e todos os frutos das árvores que o granizo havia deixado. Não restou nenhum verde nas árvores ou nos campos por todo o Egito.*

Laura reconheceu a verdade naquilo e, ao repetir os versículos, pensou: *por toda a Minnesota.*

Então Ma mencionou a promessa que Deus fez às pessoas de bem, de "levá-las daquela terra a uma terra boa e ampla, que vertia leite e mel".

– Ah, onde fica isso, Ma? – Mary perguntou.

– Como a terra pode verter leite e mel? – Laura perguntou. Ela não queria caminhar em meio ao leite e ao mel pegajoso.

Ma apoiou a Bíblia nos joelhos e ponderou. Então disse:

– Bem, Pa acha que isso é possível aqui, em Minnesota.

À BEIRA DO RIACHO

– Como assim? – Laura perguntou.

– Talvez seja mesmo possível, se ficarmos aqui – respondeu Ma. – Se tivéssemos boas vacas leiteiras pastando por toda esta terra, Laura, elas produziriam bastante leite, e a terra seria abundante em leite. Se houvesse abelhas em todas as flores selvagens que crescem por aqui, então a terra também poderia ser rica em mel.

– Ah – exclamou Laura. – Que bom. Achei que fôssemos ter que andar em meio ao mel e ao leite.

Carrie bateu na Bíblia com seus punhos cerrados e gritou:

– Tá quente! Tá coçando! – Ma a pegou, mas Carrie a empurrou e disse: – Você tá quente!

A pele da menina estava cheia de brotoejas. Laura e Mary suavam por baixo do corpete, das ceroulas, da anágua, da sobressaia e do vestido de manga longa e colarinho alto, com cintura justa. A nuca das duas suava sob as tranças.

Carrie queria beber água, mas empurrou a caneca, fez uma careta e disse:

– Eca!

– É melhor beber – Mary disse a ela. – Eu também gostaria de água fresca, mas não temos nenhuma.

– Queria beber um pouco de água de poço – Laura disse.

– Queria chupar gelo – Mary disse.

Então Laura disse:

– Queria ser índia para não ter que usar roupa.

– Laura! – Ma disse. – E num domingo!

Mas é verdade, Laura pensou. Até o cheiro de madeira da casa era sufocante. Dos veios marrons nas tábuas, gotejava um líquido pegajoso que, ao secar, cristalizava em gotas amarelas. O vento quente não parava de soprar, e o gado continuava a lamentar: *Muuuu, muuuu.* Jack virou de lado e soltou um longo suspiro.

LAURA INGALLS WILDER

Ma também suspirou e expressou seu desejo:

– Eu daria quase qualquer coisa por um pouco de ar fresco.

Naquele mesmo instante, uma lufada de ar irrompeu na casa. Carrie parou de choramingar, e Jack levantou a cabeça.

– Meninas, vocês... – Ma começou a dizer, mas então outro sopro fresco veio.

Ma saiu para a sombra do puxadinho e Laura foi atrás dela. Logo depois chegou Mary, com Carrie. Lá fora era como um forno. O ar escaldante queimava o rosto de Laura.

Havia uma nuvem a noroeste. Parecia pequena no imenso céu acobreado, mas era uma nuvem, e projetava uma faixa de sombra na pradaria. A sombra pareceu se mover, mas talvez fosse apenas uma ilusão causada pelas ondas de calor. No entanto, estava mesmo se aproximando.

Laura, em silêncio, implorava com todo o fervor: *Ah, por favor, por favor, por favor!* Todas protegiam os olhos e os mantinham fixos na nuvem e em sua sombra.

A nuvem continuava a se aproximar e crescer. Era uma faixa espessa e escura no ar, pairando sobre a pradaria. As bordas pareciam se mover e se expandir, formando protuberâncias. Agora, rajadas de ar fresco chegavam, misturadas a sopros de ar mais quentes do que nunca.

Redemoinhos descontrolados e perversos surgiam por toda a pradaria, girando seus braços de poeira. O sol ainda brilhava sobre a casa, o estábulo e a terra rachada e esburacada. A sombra da nuvem continuava distante.

De repente, um clarão branco e elétrico percorreu o ar em zigue-zague, e uma cortina cinza parecia cair sob a nuvem, escondendo o céu mais além. Era chuva. Então, elas ouviram o estrondo de um trovão.

– Está longe demais, meninas – Ma disse. – Receio que não vá chegar aqui. Mas ao menos o ar está mais fresco.

À BEIRA DO RIACHO

O cheiro de chuva chegava de vez em quando, trazendo consigo as rajadas de frescor em meio ao ar quente.

– Ah, talvez chegue aqui, sim, Ma! Quem sabe? –Laura comentou. Por dentro, todas elas pensavam: *Por favor, por favor, por favor!*

O vento já estava mais fresco. A sombra da nuvem gradualmente foi ficando maior, espalhando-se pelo céu. De repente, uma sombra cobriu a terra plana e começou a subir a colina. Logo em seguida, veio uma chuva torrencial. Avançou pela colina como milhões de pezinhos retumbantes, e choveu sobre elas.

– Entrem, rápido! – Ma exclamou.

A chuva fazia muito barulho ao bater no telhado do puxadinho. Agora um ar fresco entrava na casa sufocante. Ma abriu a porta da frente, prendeu as cortinas e abriu todas as janelas.

Um cheiro enjoativo subia da terra, mas a chuva continuou caindo e acabou com ele. As gotas tamborilavam no teto e escorriam pelos beirais. A chuva limpava o ar e o tornava mais respirável. Um ar doce começou a entrar na casa, aliviando o peso na cabeça de Laura e proporcionando uma sensação agradável em sua pele.

Rios de água enlameada corriam pela terra dura. A água se infiltrava nas rachaduras, preenchendo-as. Ondulações e redemoinhos se formavam nos buracos onde os ovos de gafanhotos estavam, acumulando lama. Raios e trovões ecoavam do céu.

Carrie batia as mãos e gritava. Mary e Laura dançavam e riam. Jack balançava o rabo e corria como se fosse um filhote, indo de janela em janela para olhar a chuva. Quando um trovão soava, ele rosnava como se dissesse: *Ninguém tem medo de você!*

– Acho que a chuva vai durar até o pôr do sol – Ma disse.

A chuva foi embora pouco antes disso, seguindo em direção ao riacho e à pradaria a leste. Restaram algumas poucas gotas reluzentes caindo sob o sol. Então, a nuvem ficou entre roxa e vermelha, com as beiradas douradas contra o céu limpo. O sol se pôs e as estrelas saíram, o ar estava fresco e a terra úmida parecia grata.

Laura só queria que Pa estivesse ali com elas.

No dia seguinte, o sol nasceu escaldante. O céu tinha uma tonalidade acobreada e o vento estava quente. Antes do anoitecer, uma grama muito fina começava a brotar.

Em questão de dias, uma faixa verde cortava a pradaria marrom. A grama crescia onde a chuva havia caído, permitindo que o gado pudesse pastar ali. Todas as manhãs, Laura tirava Sam e David do estábulo para que eles pudessem pastar também.

O gado deixou de resmungar. Os ossos de Mancha já não estavam tão evidentes e ela começou a produzir mais leite, um leite doce e de boa qualidade. A colina voltou a ficar verde, e folhinhas começaram a crescer nos salgueiros e nas ameixeiras.

A carta

Laura passou o dia todo sentindo saudade de Pa. À noite, quando o vento soprava solitário sobre a terra escura, ela se sentia vazia e triste.

No começo, ela falava sobre ele. Calculava até onde ele deveria ter ido naquele dia. Esperava que suas botas velhas e remendadas estivessem aguentando. Imaginava onde poderia estar acampado naquela noite. Depois, ela parou de mencioná-lo para Ma. Ma pensava nele o tempo todo e não gostava de falar a respeito. Ela nem gostava de contar os dias até sábado.

– O tempo vai passar mais rápido se pensarmos em outras coisas – ela dizia.

Todo sábado, elas esperavam ansiosamente que o sr. Nelson trouxesse uma carta de Pa do correio da cidade. Laura e Jack seguiam pela estrada e esperavam pela carroça dele. Os gafanhotos já haviam comido tudo e agora estavam partindo, não mais em uma enorme nuvem como haviam chegado, mas em pequenos grupos voando baixo. Ainda assim, restavam milhões deles.

Mas as cartas de Pa não chegavam.

– Não tem problema – Ma dizia. – Uma hora teremos notícias.

Uma vez, enquanto subia a colina lentamente, sem receber nenhuma carta, Laura pensou: *E se nunca tivermos notícias?*

Ela tentou não pensar naquilo novamente, mas o pensamento permaneceu em sua mente. Um dia, olhou para Mary e percebeu que ela estava pensando o mesmo.

Naquela noite, Laura não conseguiu se segurar e perguntou a Ma:

– Pa vai voltar para casa, não é?

– Claro que sim! – Ma exclamou. No entanto, Laura e Mary perceberam que ela também estava com medo de que algo tivesse acontecido com ele.

Talvez suas botas tivessem se desfeito e ele estivesse mancando pela estrada, descalço. Talvez bois o tivessem machucado. Talvez um trem o tivesse atingido. Ele não havia levado a arma. Talvez tivesse sido pego por lobos. Talvez, durante a noite, na floresta, uma pantera tivesse pulado sobre ele, saída de uma árvore.

Na tarde do sábado seguinte, quando estava saindo com Jack para encontrar o sr. Nelson, Laura o viu cruzando a ponte. Ele segurava algo branco na mão. Ela desceu a colina correndo. Era uma carta.

– Ah, obrigada! Obrigada! – ela agradeceu, então correu para casa tão rápido que mal conseguia respirar. Ma estava lavando o rosto de Carrie. Ela pegou a carta em suas mãos molhadas e trêmulas e se sentou.

– É uma carta de Pa – confirmou. Sua mão tremia tanto que ela mal conseguiu tirar um grampo do cabelo. Ma abriu o envelope e tirou a folha que estava dentro. Quando a desdobrou, uma cédula caiu. – Pa está bem.

– Ma levou o avental ao rosto e chorou.

Quando finalmente ela baixou o avental, seu rosto resplandecia de alegria. Ela teve que ficar enxugando os olhos enquanto lia a carta para Mary e Laura.

À BEIRA DO RIACHO

Pa tinha caminhado quase quinhentos quilômetros para encontrar emprego. Agora, ele recebia um dólar por dia para trabalhar nos campos de trigo. Ele enviou cinco dólares a Ma e ficou com três para comprar botas novas. Teriam uma boa colheita onde Pa estava e ele pretendia ficar lá até que não houvesse mais trabalho, contanto que Ma e as meninas estivessem se virando bem sozinhas.

Elas estavam com saudade e queriam que ele voltasse para casa, mas pelo menos Pa estava seguro e já tinha comprado botas novas. Todas ficaram extremamente felizes naquele dia.

A hora mais escura é a que precede o amanhecer

Agora o vento soprava mais fresco e o sol já não estava tão quente ao meio-dia. As manhãs eram frescas, e os gafanhotos pululavam debilmente até se aquecer.

Em uma manhã, uma camada espessa de gelo cobria o chão. Cada galho e cada cascalho estavam cobertos de uma penugem branca que queimava os pés descalços de Laura. Ela viu milhões de gafanhotos perfeitamente rígidos e imóveis.

Em alguns dias, não havia mais nenhum por ali.

O inverno estava próximo, mas Pa ainda não tinha voltado. O vento se tornou cortante. Não mais zumbia: mas uivava e se lamentava. O céu ficou cinza e uma chuva fria começou a cair. Logo a chuva se transformou em neve, e Pa não voltou.

Agora, Laura tinha que usar sapatos ao sair de casa. Eles machucavam seus pés, ela não sabia o motivo. Antes, eles não a machucavam. Os sapatos de Mary também machucavam os pés dela.

À BEIRA DO RIACHO

Toda a lenha que Pa havia cortado acabara, e Mary e Laura tinham que recolher lascas de madeira. O frio queimava o nariz e os dedos delas enquanto recolhiam as últimas lascas do chão congelado. Envoltas em xales, elas procuravam debaixo dos salgueiros e separavam galhos mortos que não queimavam bem.

Numa tarde, a sra. Nelson fez uma visita, trazendo consigo sua filha pequena, Anna.

A sra. Nelson era uma mulher rechonchuda e bonita. Seus cabelos eram tão dourados quanto os de Mary, e seus olhos eram azuis. Quando ela sorria, o que fazia com frequência, dava para ver que tinha dentes muito brancos. Laura gostava da sra. Nelson, mas não ficou feliz em ver Anna.

Anna era um pouco maior que Carrie, mas não conseguia entender nem uma palavra do que Laura ou Mary diziam, e elas também não a compreendiam, porque a menina falava apenas norueguês. Não era divertido brincar com ela, e no verão Mary e Laura costumavam ir para o riacho quando a sra. Nelson e a filha as visitavam. Mas agora estava frio, e Ma disse que elas deveriam ficar dentro de casa, entretendo Anna.

– Meninas, vão pegar suas bonecas e brinquem direitinho com Anna.

Laura pegou a caixa de bonecas de papel que Ma havia feito com papel de embrulho. Elas se sentaram no chão para brincar, diante da porta aberta do forno. Anna riu ao ver as bonequinhas. Em seguida, ela pegou uma das bonecas de dentro da caixa e a rasgou em duas.

Laura e Mary ficaram horrorizadas. Os olhos de Carrie se arregalaram. Ma e a sra. Nelson estavam conversando e não viram quando Anna pegou as metades da boneca e começou sacudi-las, rindo. Laura fechou a caixa rapidamente, mas Anna logo se cansou da boneca rasgada e quis outra. Laura e Mary não sabiam o que fazer.

Quando Anna não conseguia o que queria, começava a gritar. Ela era pequena e tinha vindo visitar, então elas não podiam fazê-la chorar, mas rasgaria todas as bonecas de papel em que colocasse as mãos. Mary sussurrou:

– Pegue Charlotte. Ela não vai fazer nada com Charlotte.

Laura correu escada acima, enquanto Mary mantinha Anna sob controle. A querida Charlotte estava guardada em sua caixa, sob o beiral, com seus olhos de botões e sua boca de lã vermelha sorrindo. Laura a pegou com cuidado, penteou seus cabelos ondulados de lã preta e alisou sua saia. Como era uma boneca de pano, Charlotte não tinha pés, e suas mãos não passavam de um bordado nas pontas dos braços. Mas Laura a amava profundamente.

Charlotte era sua boneca desde uma manhã de Natal há muito tempo, quando ainda moravam na Grande Floresta de Wisconsin.

Laura a levou para baixo, e Anna começou gritar quando a viu. Com cuidado, Laura a colocou nos braços da menina. Anna deu um abraço forte na boneca, mas os abraços não machucavam Charlotte. Laura ficou observando, tensa, enquanto Anna puxava os botões que eram os olhos da boneca e os fios do seu cabelo ondulado, chegando até mesmo a bater a boneca no chão. Mas Anna não tinha como machucar Charlotte, e Laura sabia que poderia ajeitar sua saia e seu cabelo assim que a menina fosse embora.

Finalmente, a longa visita chegou ao fim. A sra. Nelson estava prestes a ir embora e levaria Anna consigo. Então, algo terrível aconteceu. Anna não devolveu Charlotte.

Talvez ela tenha pensado que a boneca era dela. Talvez tenha dito à mãe que havia sido um presente de Laura. A sra. Nelson sorriu. Laura tentou pegar Charlotte de volta, mas Anna começou gritar.

– Eu quero a minha boneca! – Laura insistiu, mas Anna continuou segurando Charlotte, chutando e gritando.

– O que é isso, Laura? – Ma a repreendeu. – Anna é pequena e veio nos visitar. Você já está crescida demais para brincar com bonecas. Deixe que Anna leve a boneca.

À BEIRA DO RIACHO

Laura teve que obedecer às palavras de Ma. Da janela, ela viu Anna segurando Charlotte pelo braço, balançando a boneca enquanto descia a colina.

– O que é isso, Laura? – Ma repetiu. – Uma menina do seu tamanho fazendo escândalo por causa de uma boneca de pano. Pode parar agora mesmo. Você nem quer a boneca, mal brinca com ela. Não pode ser tão egoísta.

Laura subiu silenciosamente as escadas e sentou-se em cima da caixa próxima à janela. Ela não chorou, mas sentiu vontade, pois Charlotte havia sido levada embora. Pa não estava ali, e a caixa de Charlotte estava vazia. O vento uivava ao passar pelos beirais. Tudo parecia vazio e frio.

– Eu sinto muito, Laura – Ma disse naquela noite. – Eu não teria permitido que levassem sua boneca se soubesse o quanto você se importava com ela. Mas não devemos pensar apenas em nós mesmas. Pense em como Anna ficou feliz.

Na manhã seguinte, o sr. Nelson chegou em sua carroça, trazendo um carregamento de toras que Pa havia deixado cortadas. Ele trabalhou o dia todo cortando a madeira para que elas tivessem uma nova pilha de lenha.

– Viu como ele foi bom conosco? – comentou Ma. – Os Nelson são bons vizinhos. Não está feliz agora por ter dado sua boneca a Anna?

– Não, Ma – Laura disse. Seu coração sentia falta de Pa e Charlotte o tempo todo.

Chuvas frias voltaram a cair, e a paisagem congelou. Não chegaram mais cartas de Pa. Ma achava que ele devia ter começado a jornada de volta para casa. À noite, Laura ficava escutando o vento e se perguntando onde ele estaria. Às vezes, a pilha de lenha estava coberta pela neve quando a manhã chegava, mas ainda nada de Pa. Todo sábado à tarde, Laura colocava meias e sapatos, enrolava o corpo com o xale de Ma e ia à casa dos Nelson.

Ela batia e perguntava se o sr. Nelson tinha uma carta para Ma. Não entrava, porque não queria ver Charlotte ali. A sra. Nelson dizia que não havia nada no correio, então Laura agradecia e ia para casa.

Num dia de tempestade, ela avistou algo perto do celeiro dos Nelson. Parou de andar para enxergar melhor. Era Charlotte, afogada e congelada numa poça. Anna a havia jogado fora.

Laura mal conseguiu chegar à porta. Mal conseguiu falar com a sra. Nelson, que disse que o tempo estava tão ruim que o marido não havia ido à cidade, mas com certeza iria na semana seguinte.

– Obrigada, senhora – Laura agradeceu, então foi embora.

Chuva de granizo caía sobre Charlotte. Anna tinha arrancado os cabelos dela: os lindos fios ondulados estavam soltos. Sua boca sorridente tinha descosturado, o que fazia parecer que sangrava. Um olho de botão tinha se perdido. Mas ainda era Charlotte.

Laura a pegou e a escondeu sob o xale. Então correu contra o vento furioso e o granizo, arfando por todo o caminho até em casa. Ma se assustou ao vê-la.

– O que foi? O que foi? Fale! – Ma disse.

– O sr. Nelson não foi à cidade – Laura respondeu. – Mas... ah, Ma, olha...

– O que é isso? – Ma perguntou.

– É Charlotte – Laura disse. – Eu... eu a roubei. Não me arrependo, Ma, não me arrependo de tê-la roubado!

– Calma, calma, não fique tão agitada – disse Ma. – Venha aqui e me conte tudo.

Ma colocou Laura em seu colo, e ficaram as duas na cadeira de balanço.

Elas concordaram que não tinha sido errado Laura pegar Charlotte de volta. A boneca havia passado por uma experiência horrível, mas Laura a resgatara e Ma prometera deixá-la novinha em folha.

À BEIRA DO RIACHO

Ma removeu os fios soltos do cabelo e da boca, o olho que restava e o tecido do rosto de Charlotte. Elas a descongelaram e a torceram. Ma lavou, engomou e passou a boneca a ferro, enquanto Laura escolheu um retalho rosa claro para o rosto novo da boneca, além de um par de botões para os olhos.

Naquela noite, quando foi para a cama, Laura guardou Charlotte na caixa. A boneca estava limpa e novinha em folha. Sua boca vermelha sorria e seus olhos pretos brilhavam. Seu cabelo, com uma tonalidade entre marrom e dourado, estava dividido em duas tranças e amarrado com laços de fio azul.

Laura se deitou junto a Mary, sob as cobertas de retalhos. O vento uivava e o granizo batia no telhado. Estava tão frio que as meninas se cobriram até a cabeça.

Um barulho horrível as despertou. Elas ficaram no escuro, sob as cobertas, com medo. Então ouviram uma voz alta chegando lá de baixo.

– Minha nossa! Derrubei aquelas madeiras, não foi?

Ma estava rindo.

– Você fez isso de propósito, Charles, para acordar as meninas.

Laura pulou da cama e desceu as escadas correndo. Ela pulou no colo de Pa, assim como Mary. Em seguida, tudo foi só conversa, risadas e pulos de alegria!

Os olhos azuis de Pa brilhavam. Seu cabelo estava todo despenteado. Ele calçava botas novas e havia percorrido mais de trezentos quilômetros desde o leste de Minnesota. Tinha vindo da cidade à noite, sob a tempestade, mas agora estava ali!

– Meninas, vocês estão de camisola! – disse Ma. – Vão se vestir. O café está quase pronto.

Elas se trocaram o mais rápido que puderam. Então desceram a escada correndo e abraçaram Pa, lavaram as mãos e o rosto e abraçaram Pa, ajeitaram o cabelo e abraçaram Pa. Jack andava em círculos no chão, e Carrie batia na mesa com a colher e cantarolava:

– Pa voltou! Pa voltou!

Finalmente, todos se sentaram à mesa. Pa explicou que, nos últimos tempos, estava ocupado demais para conseguir escrever.

– Eles faziam com que trabalhássemos com aquela debulhadora do amanhecer até depois de escurecer. Assim que fiquei livre para voltar, não quis perder tempo escrevendo. Infelizmente, não trouxe nenhum presente, mas trouxe dinheiro e posso comprar mais tarde.

– Voltar para casa é o melhor presente que você poderia nos dar, Charles – Ma disse.

Depois do café, Pa foi verificar os animais e as meninas foram com ele, com Jack seguindo-os de perto. Pa ficou satisfeito em ver que Sam, David e Mancha estavam bem. Disse que ele mesmo não poderia ter cuidado melhor de tudo. Ma disse que Mary e Laura tinham sido de grande ajuda.

– Minha nossa! – Pa exclamou. – É bom estar de volta. – Então, ele perguntou: – Qual é o problema com seus pés, Laura?

Ela tinha se esquecido daquilo. Conseguia não mancar quando se esforçava.

– Meus sapatos estão machucando, Pa.

Quando voltaram para casa, Pa se sentou e colocou Carrie em seu joelho. Então ele se abaixou e levou uma mão aos sapatos de Laura.

– Ai! Meus dedos estão apertados! – Laura exclamou.

– Imagino que sim! – Pa disse. – Seus pés cresceram desde o último inverno. E os seus, Mary?

Mary disse que seus dedos também estavam apertados.

– Tire seus sapatos, Mary – orientou Pa. – Experimente os dela, Laura.

Os sapatos de Mary não machucavam os pés de Laura. Eram bons sapatos, sem nenhum rasgo ou buraco.

À BEIRA DO RIACHO

– Vão parecer novos depois que eu tiver engraxado – Pa disse. – Mary precisa de sapatos novos, mas Laura pode usar os dela. Os de Laura vão servir em Carrie mais adiante. Não vai demorar muito. Caroline, o que mais está faltando? Pense no que precisamos e compraremos o que pudermos. Assim que eu atrelar os cavalos, todos iremos à cidade.

Na cidade

Como elas se apressaram e correram! Escolheram suas melhores roupas de inverno, colocaram casacos e xales por cima e subiram na carroça. O sol brilhava forte, e o ar gelado queimava seus narizes. O granizo cintilava no chão duro.

Pa, Ma e Carrie foram no assento, bem juntinhos. Laura e Mary se enrolaram em xales e foram juntinhas também na parte de trás, sob o cobertor. Jack ficou sentado no degrau da porta, assistindo à partida. Sabia que voltariam logo.

Até Sam e David pareciam saber que estava tudo bem agora que Pa tinha voltado. Trotaram alegremente, até que Pa disse "Alto!" e os prendeu em frente à loja do sr. Fitch.

Antes de tudo, Pa pagou ao homem o que devia pelo material usado na construção da casa. Depois, pagou a farinha e açúcar que o sr. Nelson havia levado para Ma enquanto Pa estava fora. Então ele contou o dinheiro que havia restado e comprou sapatos para Mary junto com Ma.

À BEIRA DO RIACHO

Nos pés de Mary, os sapatos pareciam tão novos e brilhantes que Laura sentiu que não era justo que a outra fosse a mais velha. Seus sapatos antigos sempre serviriam em Laura, e Laura nunca teria sapatos novos. Então Ma disse:

– Agora um vestido para Laura.

A menina correu até Ma, que estava no balcão. O sr. Fitch pegou algumas peças de tecidos de lã muito bonitos para mostrar.

No inverno anterior, Ma havia soltado cada prega e costura do vestido de frio de Laura. Agora, não só estava curto demais como tão apertado que os cotovelos da menina haviam aberto buracos nas mangas. Ma os havia remendado de modo que passassem despercebidos, mas Laura se sentia contida nele. Nem por isso havia sonhado que fosse ganhar um vestido novinho.

– O que acha desta flanela castanho-dourada, Laura? – Ma perguntou.

Laura nem conseguia falar. O sr. Fitch disse:

– Tem minha garantia de que veste muito bem.

Ma colocou uma tira vermelha estreita em cima do tecido e disse:

– Que tal três fileiras deste galão, no colarinho, nos punhos e na cintura, Laura? Não ficaria bonito?

– Ah, sim, Ma! – Laura disse. Ela levantou o rosto, e seus olhos e os azuis de Pa pareceram dançar juntos.

– Leve, Caroline – ele disse. Então o sr. Fitch mediu a bela flanela castanho-dourada e o galão vermelho.

Mary também precisava de um vestido novo, mas não gostou de nada que havia ali, por isso todos atravessaram a rua até a loja do sr. Oleson. Lá, encontraram uma flanela azul-escura e um galão estreito e dourado que eram exatamente o que Mary queria.

Ela e Laura estavam observando o sr. Oleson medir o tecido e o acabamento quando Nellie Oleson chegou, usando uma capa de pele.

– Olá! – Nellie cumprimentou. Ela cheirou a flanela azul e disse que estava bom para a gente do campo. Então se virou para mostrar a pele e disse: – Viram só o que eu tenho? – As meninas olharam para a pele. – Não gostaria de ter uma capa de pele também, Laura? – ela perguntou. – Pena que seu pai não poderia comprar uma. Ele não tem uma loja.

Laura conteve sua raiva, não ousaria dar um tapa em Nellie. Ela estava tão brava que nem conseguia falar. Apenas virou as costas e deixou que a menina fosse embora rindo.

Enquanto isso, Ma estava escolhendo um tecido quente para fazer uma capa para Carrie. Pa estava comprando feijão-branco, farinha de trigo e de milho, sal, açúcar e chá. Em seguida, precisava encher a lata de querosene e ir ao correio. Já passava de meio-dia e o frio aumentava cada vez mais quando eles foram embora. Pa apressou Sam e David, que trotaram depressa durante todo o caminho.

Depois do almoço, quando a louça já estava lavada e guardada, Ma abriu os pacotes e todos desfrutaram da visão de tudo de bonito que haviam comprado.

– Vou fazer os vestidos o mais rápido possível, meninas – ela disse. – Agora que Pa está de volta, voltaremos a frequentar a igreja aos domingos.

– Onde está aquele tecido cinza que compramos para você, Caroline? – Pa perguntou. Ela ficou vermelha e baixou a cabeça quando ele olhou para ela. – Então quer dizer que você o devolveu?

– E quanto ao seu casaco novo, Charles? – Ma perguntou em resposta. Ele pareceu desconfortável.

– Eu entendo, Caroline. Mas não teremos boa colheita no próximo ano, quando os gafanhotos saírem dos ovos, e levará um bom tempo até que eu consiga mais trabalho na próxima colheita. Posso continuar usando meu casaco velho.

– Foi exatamente assim que eu pensei – Ma disse, sorrindo para ele.

À BEIRA DO RIACHO

Depois do jantar, quando a noite caiu e acenderam o lampião, Pa tirou a rabeca do estojo e a afinou, com todo carinho.

– Eu senti saudade disso – ele disse, olhando para elas. Pa tocou "Quando Johnny volta marchando para casa". Tocou "A menininha doce, a menininha linda, a menininha que deixei para trás!". Tocou e cantou "Rio Swanee" e "Meu velho lar no Kentucky". Depois tocou e elas cantaram junto:

Não importa os prazeres e os palácios com que nos deparemos,
Nunca tão felizes como em nosso humilde lar seremos.

Surpresa

Foi outro inverno brando, com pouca neve. Ainda era a estação dos gafanhotos. No entanto, o vento era frio e o céu estava sempre cinza, tornando a casa o melhor lugar para as meninas ficarem.

Pa passava o dia inteiro do lado de fora, cortando toras e fazendo lenha para o fogão. Ele caminhava pelo riacho congelado até lá em cima, nas partes mais distantes onde ninguém vivia, e colocava armadilhas nas margens para ratos-almiscarados, lontras e martas.

Todas as manhãs, Laura e Mary estudavam com seus livros e faziam exercícios na lousa. À tarde, Ma revisava suas lições. Ela dizia que as meninas eram boas estudantes e que, quando voltassem para a escola, descobririam que não haviam ficado para trás.

Todas as semanas, elas frequentavam a escola dominical. Laura observava Nellie Oleson exibindo sua pele e recordava o que a menina havia dito sobre Pa. Sentia-se irritada e queimava por dentro, sabendo que o que sentia estava errado. Ela sabia que precisava perdoar Nellie, caso contrário, não poderia ser como um anjo. Laura pensava muito nas belas imagens de

À BEIRA DO RIACHO

anjos que via na Bíblia de casa. Eles usavam camisolas brancas compridas, e nenhum deles usava uma capa de pele.

O domingo em que o reverendo Alden veio de Minnesota para pregar foi um dia feliz. Ele falou por um longo tempo, enquanto Laura olhava para seus olhos azuis e tranquilos a para sua barba se movendo. A menina desejava que o reverendo falasse com ela depois do sermão, o que de fato aconteceu.

– Eis minhas menininhas do campo, Mary e Laura!

Ele se lembrava dos nomes delas.

Laura estava usando seu vestido novo. Não apenas a saia era comprida, mas as mangas também eram, o que fazia as mangas do casaco parecerem mais curtas do que nunca. Pelo menos o galão vermelho nos punhos era bonito.

– Seu vestido novo é lindo, Laura! – disse o reverendo Alden.

Naquele dia, ela quase perdoou Nellie Oleson. No entanto, nos domingos seguintes, em que o reverendo permaneceria em sua igreja, longe dali, e enquanto Nellie Oleson continuava a torcer o nariz e a dar de ombros para Laura na escola dominical, a maldade começou a borbulhar dentro dela.

Uma tarde, Ma surpreendeu Laura e Mary ao dizer que não tomaria a lição naquele dia, pois precisavam se arrumar para ir à cidade naquela noite.

– Mas nunca vamos à cidade à noite! – Mary disse.

– Sempre há uma primeira vez – Ma respondeu.

– Mas por quê, Ma? – Laura perguntou. – Por que vamos à cidade à noite?

– É surpresa – Ma disse. – Agora chega de perguntas. Vamos tomar banho e vestir nossas melhores roupas.

Embora fosse um dia de semana, Ma colocou a tina para dentro de casa e esquentou a água para o banho de Mary. Em seguida, aqueceu novamente a água para o banho de Laura e mais uma vez para o banho de Carrie. Nunca antes houve tanta esfregação, ceroulas e anáguas tão limpas, sapatos tão engraxados e cabelos tão bem trançados, com laços nas pontas. No entanto, as meninas continuavam no escuro quanto ao que estava prestes a acontecer.

Eles jantaram mais cedo do que o habitual. Depois, Pa se banhou no quarto, enquanto Laura e Mary colocaram seus vestidos novos. Embora soubessem que não deviam fazer perguntas, elas não conseguiam evitar e sussurrar pelos cantos.

A parte de trás da carroça estava vazia. Pa colocou Mary e Laura lá, envolvidas em cobertores. Depois, ele subiu ao lado de Ma no assento e seguiram em direção à cidade.

As estrelas pareciam pequenas e congeladas no céu. Com o solo duro, as patas dos cavalos faziam barulho e a carroça chacoalhava ao longo do caminho.

Pa ouviu alguma coisa.

– Alto! – ele disse, puxando as rédeas. Sam e David pararam. Na escuridão fria e vasta, iluminada apenas pelas estrelas, não havia nada além de imobilidade. Então, a imobilidade deu lugar a um som adorável.

Duas notas claras soaram, repetindo-se várias vezes.

Todos permaneceram imóveis, exceto Sam e David que foram os únicos a se sacudir, soltando o ar. As duas notas continuaram a soar, altas e ressonantes, depois suaves e melódicas. Parecia que as estrelas estavam cantando.

– É melhor irmos, Charles – Ma interrompeu, cedo demais.

A carroça voltou a se movimentar, mas Laura ainda podia ouvir as notas no ar.

– Ah, Pa, o que é isso? – ela perguntou curiosa.

– É o novo sino da igreja, Laura – ele explicou.

O sino era o motivo pelo qual Pa havia mantido suas botas velhas e remendadas por mais tempo.

A cidade parecia adormecida. As lojas estavam escuras quando passaram por elas. Então, Laura exclamou:

À BEIRA DO RIACHO

– Ah, olha só a igreja! Que linda!

A igreja estava toda iluminada. A luz escapava de todas as janelas e se espalhava pela escuridão quando a porta se abria para que alguém entrasse.

Laura quase pulou de alegria sob os cobertores, então se lembrou de que não deveria levantar enquanto os cavalos ainda estivessem em movimento.

Pa dirigiu até os degraus da igreja e ajudou as meninas a descer. Em seguida, disse para que entrassem, mas elas ficaram esperando no frio até que ele cobrisse Sam e David. Quando Pa retornou, entraram todos juntos na igreja.

O queixo de Laura caiu e seus olhos se arregalaram diante daquela visão. Ela segurou firme na mão de Mary e as duas seguiram Ma e Pa. Assim que se sentaram, Laura pôde aproveitar para olhar tudo como queria.

Em frente aos bancos lotados havia uma árvore. Laura decidiu que só poderia ser uma árvore, pois via um tronco e galhos. Mas nunca tinha visto uma árvore como aquela.

Onde normalmente estariam as folhas, havia cachos e tiras de um papel verde e fino. Em meio a tudo aquilo, havia inúmeros saquinhos feitos de tule rosa. Laura estava quase certa de que havia balas dentro. Dos ramos, pendiam pacotes embrulhados em papel colorido: vermelhos, cor-de-rosa e amarelos, todos amarrados com barbante colorido. Havia lenços de seda pendurados neles e luvas vermelhas presas a um cordão que poderia ser colocado no pescoço para não as perder. Um par de sapatos novos estava preso pelos calcanhares em um dos galhos. Fios suntuosos de pipoca branca envolviam tudo.

Sob a árvore, apoiado no tronco, havia todo tipo de objeto. Laura avistou uma tábua de lavar roupa, uma tina de madeira, uma batedeira, um trenó feito de tábuas novas, uma pá e um forcado de cabo longo.

Laura estava tão empolgada que não conseguia falar. Ela segurava a mão de Mary com cada vez mais força e então olhou para Ma, querendo saber o que exatamente era aquilo. Ma sorriu e disse:

– É uma árvore de Natal, meninas. Não é bonita?

Elas nem conseguiram responder com palavras, apenas assentiram, ainda admirando aquela árvore maravilhosa. Nem chegaram a ficar surpresas ao perceber que era Natal, mesmo que ainda não estivesse nevando muito. Foi então que Laura avistou a coisa mais maravilhosa de todas. Em um galho distante da árvore, havia uma capa de pele com um regalo combinando.

O reverendo Alden estava presente. Ele fez um sermão sobre o Natal, mas Laura não conseguia ouvir suas palavras, porque estava completamente concentrada na árvore. Quando todos se levantaram para cantar, Laura se levantou também, mas nem um som saiu de sua garganta. No mundo inteiro, não poderia haver uma loja tão maravilhosa quanto aquela árvore.

Após o canto, o sr. Tower e o sr. Beadle começaram a tirar os itens da árvore e a ler os nomes escritos neles. A sra. Tower e a srta. Beadle os pegavam e levavam até as pessoas correspondentes nos bancos.

Tudo o que havia naquela árvore eram presentes!

Quando Laura entendeu aquilo, sentiu que as luzes, as pessoas, as vozes e até mesmo a árvore começaram a girar. Tudo ficava mais rápido, barulhento e animado. Alguém entregou a ela um saquinho de tule cor-de-rosa, que realmente continha balas e uma bola grande de pipoca. Laura e Carrie ganharam a mesma coisa. Cada menina e cada menino ganhou um de presente. Em seguida, Mary ganhou um par de luvas azuis, enquanto Laura ganhou um par de luvas vermelhas.

Ma abriu um pacote grande, revelando um xale xadrez marrom e vermelho, bem grande e quente. Pa ganhou um cachecol de lã. Então, Carrie ganhou uma boneca de pano com cabeça de porcelana e gritou de alegria. No meio das risadas, conversas e sons de papéis sendo amassados, o sr. Beadle e o sr. Tower continuavam gritando nomes.

A capa de pele e o regalo continuavam pendurados na árvore, e Laura os queria para si. Ela desejava olhar para eles o tempo todo. Queria ter

À BEIRA DO RIACHO

certeza de que eram seus. Não podiam ser para Nellie Oleson, que já tinha uma capa de pele.

Laura não desejava mais nada além disso. Mary ganhou um livrinho bonito com imagens da Bíblia das mãos da sra. Tower.

Agora, o sr. Tower retirava a capa de pele e o regalo da árvore. Ele leu um nome em voz alta, mas Laura não conseguiu ouvir com todo o barulho de festa. Ela perdeu os itens de vista enquanto a multidão se movimentava. Simplesmente tinham desaparecido.

Em seguida, Carrie ganhou um cachorrinho de porcelana branco com manchas marrons e olhar astuto. Mas, como seus braços estavam ocupados com a boneca, então Laura segurou e acariciou o cachorrinho, rindo.

– Feliz Natal, Laura! – disse a srta. Beadle, enquanto colocava uma caixinha linda em suas mãos. Era feita de porcelana brilhante, tão branca quanto a neve. Na tampa, havia um desenho de um bule dourado com uma xícara dourada sobre um pires também dourado.

Laura abriu a tampa. Parecia ser um bom lugar para guardar um broche, caso ela um dia tivesse um. Ma explicou que era uma caixinha de joias.

Nunca houve um Natal como aquele, tão rico, tão grandioso, que tomou toda a igreja. Nunca houve tantas luzes, tanta gente, tanto barulho, risos, alegria, dentro daquele espaço. Laura sentia-se transbordante, como se aquele Natal imenso estivesse dentro dela, com suas luvas, a linda caixinha de joias com xicrinha, pires e bulezinho dourados, as balas e a bola de pipoca. Até que alguém disse:

– Isso é para você, Laura.

Era a sra. Tower, que segurava a capa e o regalo, com um sorriso no rosto.

– Para mim? – Laura disse. – Para mim?

Então tudo desapareceu, enquanto ela abraçava a pele macia com vontade.

Laura a abraçou mais e mais, tentando acreditar que eram realmente seus, a capinha e o regalo de pelos marrons, gostosos como seda.

O Natal prosseguia ao seu redor, mas Laura só queria saber da maciez daquela pele. As pessoas começavam a ir embora. Carrie estava de pé no banco, enquanto Ma vestia o casaco dela e ajeitava o capuz.

– Muito obrigada pelo xale, reverendo Alden – Ma disse. – Era exatamente o que eu precisava.

– E eu agradeço o cachecol – Pa disse. – Vai ser ótimo para vir à cidade no frio.

O reverendo Alden se sentou no banco e perguntou:

– O casaco de Mary serviu?

Só então Laura notou o casaco novo de Mary, que era azul-escuro. Era comprido e as mangas chegavam até os punhos dela. Mary o abotoou e confirmou que servia bem.

– E a pequena, gostou da pele?

O reverendo Alden sorriu. Ele puxou Laura para si, colocou a capa sobre os ombros dela e a prendeu no pescoço. Então passou o cordão do regalo pelo pescoço da menina, que enfiou as mãos na pele macia.

– Pronto! – o reverendo Alden disse. – Agora minhas meninas do campo estarão bem quentinhas quando vierem para a escola dominical.

– Como é que se diz, Laura? – Ma falou para ela.

– Não há necessidade – o reverendo Alden a interrompeu. – O brilho nos olhos dela é mais do que suficiente.

Laura era incapaz de falar. A pele castanho-dourada envolveu seu pescoço e abraçou seus ombros suavemente. Na frente, escondia os fechos desgastados do casaco. E o regalo chegava a cobrir seus punhos e escondia suas mangas curtas.

– Ela é como um passarinho marrom, com detalhes em vermelho – o reverendo Alden disse.

Aquilo fez Laura sorrir. Era verdade. Seu cabelo e seu casaco, seu vestido e suas peles maravilhosas, tudo era marrom. Seu capuz, suas luvas e o galão do vestido eram vermelhos.

À BEIRA DO RIACHO

– Vou contar tudo sobre nosso passarinho marrom ao pessoal da minha igreja no Leste – disse o reverendo Alden. – Quando contei sobre nossa igreja aqui, eles se decidiram a mandar algo para a árvore de Natal. Todos contribuíram com coisas que tinham. Suas peles e o casaco de Mary não serviam mais nas meninas que os mandaram.

– Obrigado, senhor – disse Laura. – E, por favor, agradeça a elas também.

Quando ela conseguia falar, podia ser tão educada quanto Mary.

Então eles se despediram e desejaram um feliz-natal ao reverendo Alden. Mary ficou linda em seu casaco novo. Carrie também estava uma graça no colo de Pa. Ele e Ma sorriam de felicidade, e Laura era pura satisfação.

O sr. e a sra. Oleson também estavam indo para casa. Os braços dele estavam carregados de coisas, assim como os de Nellie e Willie. Nenhuma maldade fervilhava dentro de Laura agora: ela só sentia uma alegria mesquinha.

– Feliz Natal, Nellie – Laura disse. Nellie ficou olhando enquanto Laura se afastava, com as mãos enfiadas na pele fofa. Sua capa era mais bonita do que a de Nellie, que ainda por cima não tinha um regalo.

A marcha dos gafanhotos

Seguiram-se alguns domingos de neve. Pa fez um trenó com a madeira dos salgueiros, e foram todos à escola dominical, aconchegados nos seus casacos, peles, xale e cachecol novos.

Uma manhã, Pa disse que o chinook estava soprando. O chinook era um vento quente do noroeste. Em um dia, derreteu toda a neve e o riacho voltou a correr normalmente. Então vieram as chuvas, dia e noite. O riacho rugia, transbordando além de suas margens baixas.

Então, o vento se acalmou e o riacho também. De repente, as ameixeiras e os salgueiros floresceram, com folhas novas se abrindo. A pradaria voltou a ficar verde, e Mary, Laura e Carrie corriam descalças pela grama macia.

Cada dia era mais quente do que o anterior, até que o verão de verdade chegou. Seria a hora de Laura e Mary voltarem à escola, mas as meninas acabaram não indo, pois Pa precisaria partir novamente e Ma queria que elas ficassem em casa com ela. O verão foi muito quente, com vento seco e escaldante, e a falta de chuva persistia.

Um dia, quando entrou para almoçar, Pa disse:

À BEIRA DO RIACHO

– Os gafanhotos estão saindo dos ovos. O sol quente faz com que eles brotem como se fossem milho estourando e virando pipoca.

Laura correu para ver. A grama da colina estava cheia de criaturinhas verdes. Laura pegou uma nas mãos e observou atentamente. Suas asas, pernas, cabeça e até mesmo olhos minúsculos tinham a cor da grama. Parecia uma criaturinha perfeita. Laura mal conseguia acreditar que aquele pequeno gafanhoto se tornaria um inseto grande, marrom e feio.

– Em breve, eles estarão grandes – Pa disse. – E vão devorar tudo o que encontrarem pelo caminho.

Conforme os dias passavam, mais gafanhotos surgiam. Gafanhotos verdes de todos os tamanhos apareciam por toda parte e comiam tudo ao redor. O vento não soprava forte o bastante para se sobrepor ao som de suas mandíbulas mordendo, roendo e mastigando.

Eles comeram todo o verde do jardim. Comeram as folhas das batatas. Comeram a grama, as folhas dos salgueiros, as ameixeiras e até mesmo as ameixas verdes. Deixaram toda a pradaria nua e marrom. E continuaram a crescer.

Ficaram maiores, mais escuros e feios. Seus olhos saltaram e suas pernas os levavam pulando para toda parte. Eles cobriam o terreno inteiro, e Laura e Mary ficavam em casa, reclusas.

Não houve mais chuvas, e os dias foram ficando cada vez mais quentes e desagradáveis, preenchidos pelo barulho incessante dos gafanhotos, tornando-se insuportáveis

– Ah, Charles – Ma disse certa manhã. – Acho que não aguento mais nem um dia disso.

Ma estava doente, seu rosto estava pálido e magro. Enquanto falava, ela precisou sentar-se, exausta.

Pa não respondeu. Fazia dias que ele entrava e saía de casa com o rosto tenso, sem expressão. Ele já não cantava nem assoviava. O pior de tudo foi que ele não respondeu a Ma. Simplesmente foi até a porta e olhou para fora.

LAURA INGALLS WILDER

Até mesmo Carrie estava quietinha. Eles sentiram o calor do dia começar a aumentar e ouviram o som dos gafanhotos. Mas agora os gafanhotos produziam um som diferente. Laura correu para dar uma olhada, animada. Pa também se animou.

– Caroline! – ele disse. – Mas que estranho... venha ver!

Em volta da casa, os gafanhotos avançavam em uma marcha constante, ombro a ombro, de um lado para o outro, tão próximos uns dos outros que o chão parecia estar se movendo. Nenhum deles pulava. Nenhum deles virava a cabeça. Seguiam o mais rápido possível, na direção oeste.

Ma ficou ao lado de Pa, observando aquilo.

– Ah, Pa, o que isso significa? – perguntou Mary.

– Não sei – respondeu ele.

Pa protegeu os olhos para olhar para o oeste e depois para o leste.

– É a mesma coisa, até onde a vista alcança. Parece que todo o terreno está rastejando para oeste.

– Ah, se ao menos eles fossem embora... – Ma sussurrou.

Ficaram todos ali, diante daquela estranha visão. Carrie subiu no cadeirão e bateu na mesa com a colher.

– Só um minuto, Carrie – Ma disse, e continuou olhando para os gafanhotos marchando. Não havia espaço entre eles, e eles se estendiam por toda a parte.

– Quero comer! – Carrie disse, mas ninguém se moveu. Até que ela começou a gritar, quase chorando: – Ma! Ma!

– Está bem, você vai comer – Ma disse, dando meia-volta. – Minha nossa! – ela exclamou em seguida.

Gafanhotos andavam por cima de Carrie. Entravam pela janela que dava para o leste, lado a lado, passavam pelo parapeito e desciam a parede até o chão. Subiam pelas pernas da mesa, dos bancos e do cadeirão de Carrie. Continuavam indo para o oeste, passando por cima da mesa e dos bancos, por cima de Carrie.

À BEIRA DO RIACHO

– Fechem a janela! – pediu Ma.

Laura correu por cima dos gafanhotos para fechá-la. Pa foi lá para fora e deu a volta na casa. Quando voltou, ele disse:

– É melhor fechar as janelas do andar de cima também. Tem tantos gafanhotos passando por cima da casa quanto pelo chão, e não estão contornando a janela do sótão, estão entrando.

Por toda a parede e todo o telhado, ouvia-se o som de suas patinhas ásperas rastejando. A casa parecia cheia deles. Ma e Laura os varreram e jogaram pela janela oeste, pela qual nenhum entrava, ainda que estivesse lotada de gafanhotos que haviam atravessado o telhado e desciam até o chão para se juntar aos outros em sua marcha para o oeste.

O dia todo, os gafanhotos marcharam naquela direção. No dia seguinte, foi o mesmo. No terceiro dia também, sem parar.

Nenhum gafanhoto saía de seu caminho por qualquer motivo.

Eles passavam firmemente pela casa, pelo estábulo, por Mancha, até Pa a fechar no estábulo. Os gafanhotos entravam no riacho e se afogavam, até o leito ficou cheio de gafanhotos mortos, permitindo que os vivos passassem por cima deles.

Durante todo o dia, o sol escaldante batia na casa. O dia todo, o ruído das patas subindo pelas paredes, cruzando o telhado e descendo ecoava. O dia todo, as cabeças de gafanhoto com olhinhos saltados e pernas rastejantes passavam pelas janelas fechadas. A cada momento, eles tentavam subir pelo vidro e caíam, enquanto outros milhares subiam, tentavam o mesmo e caíam também.

Ma estava sempre pálida e tensa. Pa não falava e seus olhos perderam o brilho. Laura não conseguia bloquear o som rastejante de seus ouvidos nem afastá-lo de sua pele.

O quarto dia chegou, e os gafanhotos continuavam marchando. O sol brilhava mais quente do que nunca, e sua luz era terrivelmente clara.

Era quase meio-dia quando Pa chegou do estábulo, gritando:

LAURA INGALLS WILDER

– Caroline! Caroline! Olhe para fora! Os gafanhotos estão voando!

Laura e Mary correram para a porta. Em toda parte, os gafanhotos abriam as asas e levantavam voo. Mais e mais ocupavam o ar, voando cada vez mais alto, até que a luz diminuiu e o céu escureceu. O sol desapareceu, assim como havia acontecido na primeira vez em que os gafanhotos chegaram.

Laura correu para fora de casa e tentou olhar para o sol através da nuvem que parecia composta de flocos de neve. Era uma nuvem escura, que brilhava e cintilava intensamente. Quanto mais alto e mais distante Laura olhava, mais brilhante parecia. E estava subindo em vez de descer.

A nuvem passou pelo sol e se afastou em direção ao oeste, até que não era mais possível vê-la.

Não restava nenhum gafanhoto no ar ou no chão, com exceção de um aqui e outro ali, incapazes de voar, mas que ainda assim rumavam para oeste.

Uma calmaria pairava no ar, como se uma tempestade chegasse ao fim.

Ma voltou para casa e se jogou na cadeira de balanço.

– Senhor! – ela disse. – Senhor!

Na verdade, não parecia estar rezando, mas sim era um agradecimento.

Laura e Mary se sentaram no degrau à entrada. Podiam fazer aquilo agora, porque os gafanhotos haviam ido embora.

– Está tudo tão tranquilo! – Mary comentou.

Pa se recostou na porta e disse, com toda sinceridade:

– Gostaria que alguém me explicasse como todos sabiam que era hora de partir, como sabiam para onde é o oeste, sua casa ancestral.

Mas ninguém conseguia explicar.

Rodas de fogo

Depois daquele dia de julho em que os gafanhotos voaram para longe, os dias que se seguiram pareceram tranquilos. Choveu, e as gramíneas voltaram a crescer por todo o terreno que as criaturas haviam deixado marrom e feio com sua comilança voraz. A erva-de-santiago e o amaranto foram algumas das plantas que cresceram muito rápido. Plantas trepadeiras se espalhavam e cresciam como se fossem arbustos.

Os salgueiros, choupos e ameixeiras recuperaram suas folhas. Não dariam frutos, pois a época de floração já havia passado. Também não haveria trigo, mas feno selvagem crescia nas margens baixas do riacho. As batatas tinham sobrevivido, e eles sempre podiam usar a armadilha para pescar.

Pa atrelou Sam e David ao arado do sr. Nelson e arou parte do campo que estava cheio de ervas daninhas. Ele deixou uma faixa larga de terra limpa, indo e voltando do riacho, e semeou nabo.

– É tarde – ele disse. – Dizem que se deve plantar nabo em 25 de julho, quer o clima esteja seco ou úmido. Mas acho que isso sem gafanhotos para atrapalhar. Plantei tanto nabo quanto você e as meninas serão capazes de dar conta, Caroline. Não estarei aqui para ajudar.

Ele tinha que ir para o Leste de novo, trabalhar na colheita, pois a casa ainda não estava totalmente paga e precisavam comprar sal, farinha de milho e açúcar. Pa não estaria ali para cortar o feno de que Sam, David e Mancha se alimentariam no inverno seguinte, mas o sr. Nelson tinha concordado em cortar e armazenar para eles, em troca de uma parte do feno.

Então, em uma manhã, Pa partiu a pé. Enquanto ele desapareceu de vista, ainda assoviava, e carregava uma blusa no ombro. Dessa vez, suas botas estavam inteiras. Ele não se importava de caminhar, e um dia voltaria caminhando também.

Pela manhã, depois de realizar suas tarefas, Laura e Mary pegavam seus livros e estudavam. À tarde, Ma tomava a lição delas. Depois as meninas podiam brincar ou costurar, até que chegasse a hora de buscar Mancha e o novilho de volta para casa. Depois, tinham mais tarefas a fazer: jantavam, lavavam a louça e iam para a cama.

Depois que o sr. Nelson empilhou o feno de Pa perto do estábulo, havia sempre uma sombra fresca de um lado, mesmo nos dias mais quentes. O vento soprava frio, e as manhãs eram geladas.

Um dia, quando estava levando Mancha e o novilho para encontrar o restante do gado, Laura notou que Johnny estava tendo dificuldades com os animais. Ele tentava conduzi-los para oeste, onde as gramíneas, embora marrons e marcadas pelo gelo, eram mais altas. No entanto, os animais resistiam, virando e se esquivando.

Laura e Jack o ajudaram a conduzir o gado. O sol estava surgindo e o céu estava claro. Antes de voltar para casa, ela avistou uma nuvem baixa no horizonte oeste. Ela franziu o nariz e inspirou longa e profundamente. Então se lembrou do território indígena.

À BEIRA DO RIACHO

– Ma! – Laura chamou. Ma saiu e viu a nuvem.

– Está muito distante, Laura – ela disse. – Provavelmente não vai chegar até aqui.

A manhã inteira, o vento soprou, vindo do Oeste. Ao meio-dia, ele soprava mais forte, e Ma, Mary e Laura ficaram à porta, assistindo à nuvem escura se aproximar.

– Onde será que o rebanho está? – Ma se perguntou. Um brilho bruxuleante se tornou visível sob a nuvem. – Se as vacas estiverem do outro lado do riacho, estarão em segurança. Não precisamos nos preocupar – ela disse. – O fogo não vai passar pela faixa de terra limpa. É melhor entrarmos, meninas. Vamos comer.

Ela levou Carrie para dentro, mas Laura e Mary deram uma última olhada na fumaça que se aproximava. Então Mary apontou e abriu a boca, mas foi incapaz de falar. Laura gritou:

– Ma! Ma! É uma roda de fogo!

À frente da fumaça avermelhada e cintilante, um redemoinho de fogo vinha rolando rapidamente, incendiando as gramíneas em seu caminho. Outro, e mais outro, e mais um ainda os seguia, mais rápidos do que o vento. O primeiro estava chegando perto da faixa de terra limpa.

Ma correu para encontrá-lo, carregando um balde de água e um esfregão. Ela bateu no fogo com o esfregão até que ele se extinguisse e ficasse preto. Então Ma correu para a próximo, mas eles continuaram chegando em maior número.

– Fique longe, Laura! – Ma alertou.

Laura ficou encostada contra a casa, segurando firmemente a mão de Mary, apenas observando. Carrie chorava, pois Ma a havia fechado lá dentro.

As rodas de fogo continuavam se aproximando da casa, cada vez mais rápido. Eram as plantas rolantes, redondas e secas, cujas raízes frágeis se desprendiam facilmente para que fossem levadas para longe pelo vento e assim espalhassem suas sementes. Agora, estavam em chamas, mas ainda assim rolavam à frente do vento furioso e do fogo estrondoso que as seguia.

Ma estava totalmente cercada pela fumaça. Ela corria freneticamente, batendo com o esfregão nas perigosas rodas de fogo. Jack tremia contra as pernas de Laura, de cujos olhos lágrimas começaram a rolar.

Um potro cinza chegou galopando no estábulo, do qual desceu o sr. Nelson. Ele pegou um forcado e gritou:

– Rápido! Tragam panos molhados!

Ele foi correndo ajudar Ma.

Laura e Mary correram para o riacho com sacos de juta e voltaram com eles ensopados. O sr. Nelson colocou um nos dentes do forcado. O balde de Ma já estava vazio, então as meninas correram para enchê-lo.

As rodas de fogo continuavam subindo a colina, incendiando a grama seca. Ma e o sr. Nelson lutavam com o esfregão e os sacos molhados.

– As pilhas de feno! As pilhas de feno! – Laura gritou. Uma roda de fogo tinha chegado às pilhas. O sr. Nelson e Ma correram através da fumaça às pressas. Outra roda de fogo chegou até a casa, pelo terreno queimado. Laura estava tão assustada que nem sabia o que fazia. Carrie estava lá dentro. Ela conseguiu derrubar a roda com um saco de juta molhado.

Até que as rodas finalmente pararam de chegar. Ma e o sr. Nelson conseguiram impedir que o fogo se alastrasse pelas pilhas de feno. Partículas de feno, grama e fuligem rodopiavam no ar, enquanto o incêndio em si seguia para a faixa de terra limpa.

No entanto, o fogo não conseguia passar. Então, ele seguiu rapidamente na direção sul, rumo ao riacho. Da mesma forma, correu para o norte, onde também encontrou o riacho. O fogo não tinha como ir mais adiante, e acabou se enfraquecendo e se extinguindo.

À BEIRA DO RIACHO

As nuvens de fumaça se afastavam. O incêndio na pradaria tinha se apagado. O sr. Nelson explicou que tinha ido verificar como estavam os bois e os encontrou em segurança, do outro lado do riacho.

– Somos muito gratas ao senhor – Ma disse. – Salvou nossa casa. As meninas e eu nunca teríamos conseguido sozinhas.

Depois que o sr. Nelson foi embora, Ma acrescentou:

– Não há nada melhor do que ter bons vizinhos neste mundo. Vamos, meninas. Lavem-se e vamos comer.

Marcas na lousa

Depois do incêndio na pradaria, o clima esfriou tanto que Ma disse que precisavam se apressar para colher as batatas e os nabos antes que congelassem.

Ela desenterrava as batatas enquanto Mary e Laura as levavam em baldes para o celeiro. O vento soprava forte e cortante. Elas usavam xales, mas não luvas, claro. O nariz de Mary estava vermelho e Laura se sentia gelada. Suas mãos ficavam rígidas e seus pés, dormentes. Mas elas estavam felizes por terem tantas batatas.

Era bom ficar perto do fogo depois de realizarem suas tarefas, sentindo o cheirinho quente das batatas cozinhando e do peixe fritando. Era gostoso comer e ir para a cama.

Depois, quando o tempo já estava mais escuro e feio, elas colheram os nabos. Foi mais difícil do que com as batatas. Os nabos eram grandes e teimosos, e às vezes Laura puxava com tanta força que, quando eles cediam, ela caía sentada com tudo.

As folhas suculentas eram cortadas com uma faca. O sumo que saía molhava as mãos delas, e o vento as rachava, deixando-as sangrando.

À BEIRA DO RIACHO

Ma derreteu banha e cera de abelha e fez um unguento para que esfregassem nas mãos à noite.

Mancha e o novilho adoravam comer as folhas suculentas. Era bom saber que havia nabos o bastante no celeiro para durar o inverno todo. Elas comeriam nabos cozidos, purê de nabo e nabo com creme. Nas noites de inverno, haveria um prato de nabos crus na mesa, perto da lamparina. Elas poderiam retirar a casca grossa e comer fatias crocantes e suculentas.

No dia em que armazenaram o último nabo, Ma disse:

– Bom, agora pode congelar.

E, de fato, naquela noite o chão congelou. Na manhã seguinte, uma neve densa caía do lado de fora.

Mary pensou em um modo de contar os dias até Pa voltar para casa. A última carta mencionava que o trabalho seria concluído em duas semanas no local onde ele estava. Ela pegou a lousa e fez um marca para cada dia daquela semana, totalizando sete. Embaixo, fez uma marca para cada dia da semana seguinte, ou seja, mais sete.

A última marca era do dia em que ele voltaria. Quando elas mostraram a lousa, Ma disse:

– É melhor fazer as marcas de mais uma semana, porque Pa vai voltar andando.

Assim, Mary fez mais sete marcas. Laura não gostou de ver tantas marcas entre aquele dia e quando Pa chegaria. Toda noite, antes de irem para a cama, Mary apagava uma das marcas. Era um dia a menos.

Todas as manhãs, Laura pensava: *O dia todo precisará se passar antes que Mary possa apagar outra marca.*

O cheiro lá fora era agradável nas manhãs frias. O sol já havia derretido a neve, mas a terra continuava dura e congelada. O riacho continuava fluindo. Folhas marrons flutuavam na água, sob o céu azul de inverno.

À noite, era aconchegante ficar perto do fogão quente, dentro da casa iluminada. Laura brincava com Carrie e Jack no chão limpo e liso. Ma ficava sentada costurando, e Mary abria o livro à luz da lamparina.

– É hora de dormir, meninas – Ma dizia, tirando o dedal.

Então, Mary apagava outra marca e deixava a lousa de lado.

Uma noite, ela apagou o primeiro dia da última semana. Todas ficaram olhando enquanto Mary fazia aquilo. Ao guardar a lousa, ela disse:

– Pa está voltando para casa! Essas marcas são dos dias de caminhada.

De seu canto, Jack soltou um ruído alegre, como se a compreendesse. Ele correu para a porta. Ficou ali, arranhando, choramingando e se sacudindo. Então, apesar do vento, Laura ouviu alguém assoviar suavemente "Quando Johnny volta marchando para casa".

– É Pa! Pa! – ela gritou, então abriu a porta com tudo e correu apressadamente pela escuridão, com Jack pulando à sua frente.

– Olá, pequena! – Pa disse, abraçando Laura com força. – Bom menino! – ele disse para Jack. A luz da lamparina vazava pela porta. Mary estava saindo também, junto com Ma e Carrie. – Como está minha pequena? – Pa perguntou a Carrie. – E aqui está minha mocinha! – ele falou, puxando uma trança de Mary. – Me dê um beijo, Caroline, se conseguir chegar até mim apesar dessas indiazinhas selvagens.

Elas se ocuparam de servir o jantar para Pa, e não se falou mais em ir para a cama. Laura e Mary contaram-lhe tudo o que tinha acontecido, incluindo as rodas de fogo, as batatas, os nabos, o quanto o novilho tinha crescido e o quanto haviam avançado em seus livros.

– Mas, Pa, como você pode estar aqui? – Mary perguntou. – E os dias de caminhada da lousa?

Ela lhe mostrou que as marcas continuavam ali, indicando os dias de viagem.

À BEIRA DO RIACHO

– Entendo. Mas você não apagou os dias que levaram para minha carta chegar até aqui. E eu me apressei durante todo o trajeto, porque dizem que o inverno já está bem duro no Norte – Pa explicou. – O que precisamos comprar na cidade, Caroline?

Ma disse que não precisavam de nada. Tinham comido tanto peixe com batata que ainda havia farinha, açúcar e até mesmo chá. Só o sal estava acabando, mas ainda duraria dias.

– Então é melhor eu cuidar da lenha antes de irmos à cidade – disse Pa. – Não estou gostando do barulho do vento, e fiquei sabendo que as nevascas chegam repentinamente em Minnesota. Já ouvi falar de algumas pessoas que foram à cidade e uma nevasca surgiu sem aviso, o que os impediu de voltar. Os filhos tiveram que queimar todos os móveis em casa, e ainda assim congelaram antes que o tempo melhorasse e os pais pudessem voltar.

Brincando de casinha

Agora, durante o dia, Pa dirigia a carroça para cima e para baixo do riacho, trazendo um carregamento depois do outro de toras para empilhar à porta. Ele cortava velhos salgueiros, ameixeiras e choupos, mas deixava os que ainda estavam crescendo. Arrastava as toras e as empilhava, depois as cortava e dividia em pedaços apropriados para uso no fogão, formando uma grande pilha de lenha.

Pa subia o riacho com seu machado de cano curto no cinto, suas armadilhas no braço e a arma apoiada no ombro. Ele montava armadilhas para ratos-almiscarados, martas, lontras e raposas.

Uma noite, durante o jantar, Pa contou que havia encontrado castores. Mas não pusera nenhuma armadilha para eles, porque tinham restado muito poucos daqueles animais. Pa também viu uma raposa e atirou nela, mas errou o tiro.

– Estou fora de forma – ele disse. – Aqui é um bom lugar, mas não tenho muito o que caçar. Fico pensando em lugares mais para oeste, onde…

À BEIRA DO RIACHO

– Onde não há escolas para as crianças, Charles – Ma o cortou.

– Tem razão, Caroline. Sempre tem – Pa disse. – Estão ouvindo o vento? É sinal de tempestade de neve amanhã.

Mas, para surpresa de todos, o dia seguinte foi ameno como um dia de primavera. O vento estava calmo e quente, e o sol brilhava forte. No meio da manhã, Pa entrou em casa.

– Vamos comer mais cedo e fazer uma caminhada até a cidade hoje à tarde – ele disse a Ma. – É um dia bonito demais para você ficar dentro de casa. Teremos tempo o bastante para isso quando o inverno chegar de vez.

– Mas e as meninas – Ma disse. – Não conseguimos andar tanto assim com Carrie.

– Deixe disso! – Pa riu dela. – Mary e Laura já são mocinhas. Podem cuidar de Carrie por uma tarde.

– Podemos, sim, Ma – disse Mary.

– É claro que podemos! – garantiu Laura.

Elas ficaram vendo Pa e Ma se afastarem alegremente. Ma estava muito bonita, com o xale marrom e vermelho do Natal e o capuz de tricô marrom amarrado ao queixo. Ela andava tão depressa e olhava para Pa com tanta animação que Laura pensou que parecia um passarinho.

Depois, Laura varreu o chão enquanto Mary retirava a mesa. Mary lavou a louça e Laura secou e guardou no armário. Elas colocaram a toalha xadrez vermelha na mesa. Agora, tinham uma tarde inteira pela frente para fazer o que quisessem.

Primeiro, decidiram brincar de escolinha. Mary disse que devia ser a professora, porque era a mais velha e sabia mais. Laura reconhecia que aquilo era verdade. Mary foi a professora e gostou daquilo, mas Laura logo se cansou da brincadeira.

– Já sei – Laura disse. – Vamos ensinar as letras a Carrie.

LAURA INGALLS WILDER

Elas se sentaram Carrie no banco e seguraram o livro diante dela. Fizeram o melhor que podiam, mas Carrie não gostou. Ela não estava aprendendo nada, então as meninas desistiram.

– Bem – disse Laura –, podemos brincar de casinha.

– A gente já está cuidando da casa – disse Mary. – Pra que brincar de casinha?

Sem Ma, a casa ficava vazia e quieta. Ela era tão silenciosa e delicada que nunca fazia barulho, mas agora era como se a casa toda esperasse para ouvi-la.

Laura passou um tempo sozinha do lado de fora, mas logo voltou. A tarde parecia cada vez mais longa. Elas não tinham nada para fazer. Jack ficava andando de um lado para o outro, inquieto.

O cachorro pediu para sair, mas, quando Laura abriu a porta, ele permaneceu ali. Jack se deitou e se levantou, dando algumas voltas pela casa. Até que se aproximou de Laura e olhou fixamente para ela.

– O que foi, Jack? – Laura perguntou. Ele continuava olhando. Como ela não entendia, Jack quase uivou.

– Não, Jack! – Laura o repreendeu rapidamente. – Assim você me assusta.

– Tem alguma coisa lá fora? – Mary perguntou. Laura fez menção de sair correndo para ver, mas Jack a segurou pelo vestido enquanto ela estava na porta e a puxou de volta. Fazia muito frio lá fora. Laura fechou a porta.

– Olha – ela disse. – O céu está escuro. Acha que são os gafanhotos voltando?

– Não seja tola, é inverno – Mary disse. – Talvez seja chuva.

– Não seja tola você também! – Laura retrucou. – Não chove no inverno.

– Bem, talvez seja neve então. Qual é a diferença? – Mary estava brava, e Laura também. Teriam continuado discutindo, mas de repente o sol desapareceu. Elas correram para olhar pela janela do quarto.

À BEIRA DO RIACHO

Uma nuvem escura, a não ser pela parte de baixo branca e fofinha, se aproximava rapidamente do Noroeste.

Mary e Laura olharam pela janela da frente. Já era hora de Pa e Ma voltarem, mas ainda não viam nenhum sinal deles.

– Talvez seja uma nevasca – disse Mary.

– Como Pa mencionou – concordou Laura.

Elas olharam uma para a outra, pensando nas crianças que congelaram.

– A caixa de lenha está vazia – Laura disse.

Mary a segurou no lugar.

– Você não pode sair – disse Mary. – Ma disse para ficarmos em casa se chover. – Laura conseguiu se soltar, mas Mary insistiu: – Jack não vai deixar você sair.

– Temos que trazer a lenha para dentro antes que a nuvem chegue – Laura disse. – Depressa!

O barulho do vento estava estranho, parecendo um grito distante. Elas se enrolaram nos xales e os prenderam sob o queixo, com alfinetes grandes. Também colocaram suas luvas.

Laura foi a primeira a ficar pronta. Ela disse a Jack:

– Temos que trazer lenha pra dentro.

Ele pareceu entender. Saiu com ela e se manteve por perto. O vento estava mais gelado que gelo. Laura correu até a pilha de lenha, pegou uma bela braçada e correu de volta para a casa, com Jack em seu encalço. Ela não conseguia abrir a porta, de tão carregada que estava, por isso Mary abriu para ela.

Depois, elas não souberam o que fazer. A nuvem se aproximava muito depressa, e as duas precisavam carregar lenha antes que a tempestade de neve chegasse, mas não podiam abrir a porta com os braços carregados. E não podiam deixar a porta aberta e permitir que o frio entrasse.

– Eu posso abrir a porta – sugeriu Carrie.

– Você não sabe como – Mary falou.

– Sei, sim – Carrie insistiu, então estendeu ambos os braços e girou a maçaneta. Ela sabia! Carrie já era grande o bastante para abrir a porta.

Laura e Mary correram para pegar a lenha. Carrie abria a porta quando chegavam, depois a fechava em seguida. As braçadas de Mary eram maiores, mas Laura era mais rápida.

Elas conseguiram encher a caixa de lenha antes que começasse a nevar. A neve chegou de repente, trazendo uma rajada de vento e flocos tão pequenos e duros que pareciam areia. Machucavam a cara de Laura ao cair. Quando Carrie abriu a porta, um pouco de neve entrou, formando uma nuvem branca.

Laura e Mary esqueceram que Ma havia dito para não saírem em caso de tempestade de neve. Esqueceram tudo para trazer a lenha para dentro. Elas corriam freneticamente de um lado para o outro, carregando toda a madeira que conseguiam.

Empilharam a lenha em volta da caixa e do fogão. Empilharam contra a parede. E foram fazendo pilhas cada vez mais altas e maiores.

Bam! Elas batiam a porta. Corriam até a pilha. *Clop-clop-clop!* Deixavam o que tinham nos braços. Corriam para a porta. *Tuc!* Ela abria. *Bam!* Fechava. *Tic-tic-tic!* Elas corriam até a lenha e voltavam, do lado de fora, ofegantes.

Em meio ao turbilhão branco, mal conseguiam ver a lenha agora. A neve tinha se acumulado sobre a madeira. Também mal conseguiam ver a casa, e Jack não passava de um mancha escura correndo ao lado delas. A neve dura machucava o rosto delas. Os braços de Laura doíam. O tempo todo, ela pensava: *Onde está Pa? Onde está Ma?* E quando ouvia o vento forte, dizia para si mesma: *Rápido! Rápido!*

Não havia mais pilha de lenha do lado de fora. Mary e Laura pegaram alguns gravetos, e era o fim. Elas correram juntas para a porta. Laura a

À BEIRA DO RIACHO

abriu e Jack entrou com elas. Carrie estava à janela da frente, batendo palmas e dando gritinhos. Laura soltou seus gravetos e se virou bem a tempo de ver Pa e Ma chegarem correndo, saindo do turbilhão branco de neve. Pa segurava a mão de Ma, para ajudá-la a correr. Eles irromperam na casa, bateram a porta e só ficaram ali, arfando, cobertos de neve. Ninguém disse nada enquanto olhavam para Laura e Mary, também cobertas de neve, com seus xales e luvas.

Finalmente, Mary falou, baixinho:

– Saímos na tempestade de neve, Ma. Esquecemos.

Laura baixou a cabeça também e disse:

– Não queríamos ter que queimar os móveis e acabar congeladas, Pa.

– Quem poderia imaginar? – Pa comentou. – Elas trouxeram toda a lenha para dentro. A madeira que cortei para durar pelo menos algumas semanas.

De fato, havia lenha empilhada por toda a casa. A neve da madeira começava a derreter e se espalhava em poças. Um caminho de umidade tinha se formado até a porta, onde a neve ainda não havia derretido.

Então, Pa soltou uma risada sonora e Ma abriu um sorriso caloroso e gentil para as duas. Elas souberam que tinham sido perdoadas por desobedecer, porque tinha sido uma sábia decisão levar a lenha para dentro, mesmo que não toda.

Em breve, elas seriam maduras o bastante para não cometer erros e ser capazes de tomar decisões por si mesmas. Não teriam mais que obedecer cegamente a Pa e Ma.

Elas se apressaram a ajudar Ma a tirar o xale e o capuz, espanar a neve e pendurá-los para secar. Pa correu para o estábulo para fazer suas tarefas antes que a nevasca ficasse ainda pior. Enquanto Ma descansava, as meninas organizaram a lenha cuidadosamente, como ela ensinara, e varreram e enxugaram o chão.

A casa voltou a ficar aconchegante e agradável. A chaleira apitava, e o fogo brilhava forte, lançando correntes de ar quente acima da lareira. A neve batia contra as vidraças.

Pa entrou.

– Só consegui trazer isto de leite. O vento soprava tudo para fora do balde. É uma tempestade de neve horrível, Caroline. Eu não conseguia ver nada. O vento vem de todas as direções ao mesmo tempo. Achei que estava me mantendo no caminho, mas não conseguia ver a casa e… Bem, por pouco trombei contra a quina. Se estivesse um passo para a esquerda, não teria conseguido entrar.

– *Charles!* – Ma disse.

– Não há o que temer agora – ele disse. – Mas se não tivéssemos vindo correndo da cidade e chegado antes da nevasca… – Seus olhos brilharam. Ele bagunçou o cabelo de Mary e puxou a orelha de Laura. – Mas fico feliz por termos toda a lenha dentro de casa.

Inverno na pradaria

No dia seguinte, a nevasca estava ainda pior. Não dava para enxergar nada pelas janelas, porque a neve batia tão forte que o vidro parecia pintado de branco. O vento uivava em toda a volta.

Quando chegou a hora de Pa ir para o estábulo, redemoinhos de neve se formavam no puxadinho. Era como se houvesse uma parede branca lá fora. Ele pegou uma corda enrolada a um prego.

— Tenho medo de me arriscar sem ter algo para me guiar na volta — Pa disse. — Se amarrar esta corda ao outro extremo do varal, acho que consigo chegar ao estábulo.

Apreensivas, elas ficaram esperando até Pa voltar. O vento havia derrubado quase todo o leite do balde. Ele teve que ficar um momento ao lado do forno para conseguir falar. Tinha seguido até o fim do varal que saía do puxadinho, então amarrara a corda no outro extremo e seguira em frente, soltando-a conforme andava.

Não conseguira ver nada além da neve rodopiando. De repente, algo o atingiu: era a parede do estábulo. Ele tateara por ela até chegar à porta, onde amarrara a outra ponta da corda.

Pa cumprira suas tarefas e voltou seguindo a corda.

A nevasca continuou durante todo o dia. As janelas continuaram cobertas de branco e o vento não parou de uivar e gritar. Dentro de casa, estava quente e agradável. Laura e Mary estudaram, depois Pa tocou a rabeca e Ma balançava-se na cadeira, tricotando, enquanto a sopa de feijão borbulhava no fogão.

A tempestade de neve continuou durante a noite toda e ao longo do dia seguinte. O fogo na lareira dançava com a corrente de ar que passava sobre o fogão. Pa contava histórias e tocava sua rabeca.

Na manhã seguinte, o vento apenas sibilava e o sol brilhava no céu. Pela janela, Laura viu a neve caindo no chão, formando redemoinhos brancos e rápidos. O mundo inteiro parecia o riacho espumante, só que, em vez de água, era tudo neve. Apesar do sol, continuava muito frio.

– Acho que a tempestade em si acabou – disse Pa. – Se der, pretendo ir à cidade amanhã para nos abastecer de comida.

No dia seguinte, o chão estava coberto de montes de neve. O vento derrubava um pouco de neve das laterais e do topo dos montes. Pa dirigiu até a cidade e voltou com grandes sacos de farinha de milho e de trigo, açúcar e feijão. Era comida o bastante para durar um bom tempo.

– É estranho ter que se programar para ter carne – Pa disse. – Em Wisconsin, sempre tínhamos bastante carne de urso e de veado. No território indígena, tínhamos antílopes, lebres, perus e gansos, toda a carne que alguém poderia desejar. Aqui, só encontro coelhinhos comuns.

– Vamos ter que planejar com antecedência e criar animais – Ma disse. – Pense em como vai ser fácil engordá-los quando esses campos estiverem repletos de grãos.

– Sim – concordou Pa. – No próximo ano, teremos trigo, com toda certeza.

À BEIRA DO RIACHO

No dia seguinte, a nevasca voltou. Outra vez, uma nuvem baixa e escura se aproximou depressa, vinda do noroeste, bloqueando o sol e cobrindo o céu. O vento uivava e gritava, fazendo a neve rodopiar até tudo se tornar um borrão branco.

Pa seguiu a corda até o estábulo e de volta para casa. Ma cuidava das tarefas domésticas, cozinhava, limpava, remendava e ajudava Mary e Laura com os estudos. As meninas lavavam a louça, arrumavam as camas, varriam o chão, mantinham suas mãos e o rostos limpos e trançavam bem os cabelos. Elas estudavam e brincavam com Carrie e Jack, desenhavam na lousa e ensinavam o abecê para Carrie.

Mary trabalhava em sua colcha de retalhos, e Laura começou uma também. A dela era mais complicada do que a de Mary, porque precisava costurar viés, o que era difícil. Ma só permitia que Laura passasse para a próxima etapa quando a anterior estivesse benfeita, e às vezes Laura trabalhava por dias em uma única costura.

Eles mantinham-se ocupados durante o dia todo, e os dias se misturavam, com uma nevasca seguindo a outra. Assim que uma terminava em um dia frio e ensolarado, outra começava. Quando o sol aparecia, Pa tinha que trabalhar depressa, cortando mais lenha, verificando as armadilhas e levando feno das pilhas cobertas de neve para o estábulo. Mesmo que o dia de sol não fosse uma segunda-feira, Ma encontrava tempo para lavar a roupa e estendê-la no varal para secar. Nesses dias, as meninas não estudavam. Usando roupas grossas, Laura, Mary e Carrie podiam brincar ao ar livre.

No dia seguinte, outra tempestade de neve estava a caminho, mas Pa e Ma já estavam preparados para enfrentá-la.

Quando fazia sol num domingo, dava para ouvir o sino da igreja. Ele soava doce e claro, atravessando o frio, e todos saíam para escutá-lo.

Infelizmente, não podiam ir à escola dominical, porque outra nevasca poderia começar antes de voltarem para casa. Por isso, eles organizaram sua própria escola dominical em casa.

Laura e Mary repetiam versículos da Bíblia. Ma lia uma história e um salmo para elas. Pa tocava hinos na rabeca. Todos cantavam:

Mesmo que nuvens escuras no céu
Lancem sombras sobre o chão,
A esperança ilumina meu caminho,
Pois Jesus segura minha mão.

Todo domingo, Pa tocava e eles cantavam:

Não há nada mais caro para mim
E palácio mais bonito não há,
Meu coração parece não ter fim
Em meu querido lar no sabá.

A longa nevasca

Um dia, enquanto estavam jantando, a tempestade de neve começou a diminuir.

– Vou à cidade amanhã – Pa disse. – Preciso de fumo para o cachimbo e quero ouvir as notícias. Precisa de algo, Caroline?

– Não vá, Charles – respondeu Ma. – As nevascas estão chegando tão rápido.

– Amanhã não haverá perigo – retrucou Pa. – Já passamos por três dias de tempestade. Temos lenha cortada o suficiente para a próxima, então agora posso ir à cidade.

– Bem, se você acha melhor – Ma disse. – Mas prometa que vai ficar por lá se outra tempestade se aproximar.

– Eu não arriscaria dar um passo sem a segurança de uma corda em uma dessas nevascas – disse Pa. – Mas não é do seu feitio recear que eu vá, Caroline.

– Não posso evitar – Ma respondeu. – Não parece certo que você vá agora. Tenho a sensação... talvez seja tolice, eu imagino.

Pa soltou uma risada.

– Vou trazer a lenha para dentro, apenas por precaução, para o caso de eu ter que ficar na cidade.

Ele encheu a caixa de lenha e empilhou-a ao redor. Ma insistiu que levasse um par de meias extra, para impedir que seus pés congelassem. Laura pegou a descalçadeira, Pa tirou as botas e vestiu outro par por cima das meias que já estava usando. Eram novas, grossas e feitas de lã: Ma havia acabado de tricotar.

– Queria que você tivesse um casaco de pele de búfalo – ela disse. – Você usa tanto esse casaco que está até fino.

– E eu queria que você tivesse diamantes – Pa respondeu. – Mas não se preocupe, Caroline. Logo a primavera chegará.

Pa sorriu para elas enquanto afivelava o cinto de seu velho casaco e depois colocava seu gorro de feltro quentinho.

– O vento está tão frio, Charles – Ma disse, preocupada. – Use os protetores de orelha.

– Não hoje de manhã! – Pa disse. – O vento que sopre! Agora, comportem-se, meninas, todas vocês, até a minha volta.

Laura notou o brilho de seus olhos antes que ele fechasse a porta atrás de si.

Depois de lavar e secar a louça, varrer o chão, arrumar a cama e tirar o pó, Laura e Mary se acomodaram com seus livros. A casa estava tão aconchegante e bonita que Laura não conseguia evitar ficar olhando.

O fogão preto tinha sido polido até brilhar. A panela de feijão borbulhava e o pão assava no forno. O sol entrava por entre as cortinas de barra cor-de-rosa. A toalha xadrez vermelha estava arrumada sobre a mesa. O cachorrinho branco e marrom de Carrie e a caixa de joias de Laura estavam cuidadosamente colocados na prateleira do relógio. A pastorinha em branco e rosa sorria de seu lugar na prateleira de madeira.

À BEIRA DO RIACHO

Ma estava na cadeira de balanço, próxima à janela, com a cesta de costura. Carrie estava sentada no banquinho ao lado dos joelhos de Ma. Enquanto se balançava e remendava, Ma ouvia Carrie repetindo as letras da cartilha. O A grande e o a pequeno, o B grande e o b pequeno. Carrie ria, conversava e olhava para as imagens; ainda era tão pequena que não conseguia ficar quietinha estudando.

O relógio deu meio-dia. Laura olhou para o pêndulo balançando, os braços pretos se movendo sobre o rosto branco do relógio. Já era hora de Pa voltar. O feijão estava cozido e o pão tinha assado. Estava tudo pronto para o almoço.

Os olhos de Laura vagaram para a janela. Ela ficou olhando por um momento, até perceber que tinha algo de errado.

– Ma! – ela chamou. – O sol está de uma cor estranha.

Ma levantou os olhos da costura, sobressaltada. Ela foi depressa para o quarto, de onde podia ver o noroeste, e voltou.

– Podem guardar os livros, meninas – ela disse. – Depois, tragam a lenha para dentro. Se Pa ainda não estiver a caminho, ele terá que ficar na cidade, e vamos precisar de mais lenha em casa.

Da pilha de lenha, Laura e Mary observaram a nuvem escura se aproximando. Elas foram rápidas, mas, assim que entraram com os braços carregados, ouviram o uivo da tempestade. Parecia furiosa por terem levado a lenha para dentro. Os redemoinhos de neve eram tão densos que elas não conseguiam ver além do batente. Ma disse:

– Por hora está bom. A nevasca não deve piorar muito. Logo mais Pa vai chegar.

Mary e Laura tiraram os xales e esquentaram as mãos geladas. Então, ficaram esperando Pa.

O vento gritava e uivava, parecendo zombar da casa. A neve batia contra as vidraças. O pêndulo preto e comprido do relógio se movia lentamente sobre o rosto, enquanto o curto oscilava uma vez e depois outra.

Ma serviu três tigelas de feijão quente e partiu um pão pequeno e quentinho em três pedaços.

– Aqui, meninas – ela disse. – É melhor vocês almoçarem. Parece que Pa teve que ficar na cidade.

Ma se esqueceu de servir uma tigela para si mesma e também se esqueceu de comer, até que Mary a lembrou. Mesmo assim, ela disse que não estava com fome e não comeu muito.

A tempestade ficava cada vez pior. A casa tremia com a força do vento. O chão estava frio e a neve, fina como pó, parecia se infiltrar pelas janelas e portas que pareciam não ter frestas suficientemente vedadas.

– Pa ficou mesmo na cidade – Ma disse. – Vai passar a noite lá, então é melhor eu ir cuidar das tarefas.

Ela vestiu as botas velhas e compridas que Pa usava para ir ao estábulo. Seus pezinhos ficaram perdidos dentro delas, mas pelo menos estariam protegidos da neve. Ela também vestiu o casaco de Pa, fechando-o até em cima e o amarrando na cintura. Em seguida, colocou e amarrou o gorro e calçou as luvas.

– Posso ir junto? – Laura perguntou.

– Não – Ma disse. – Agora ouçam bem. Cuidado com o fogo. Somente Mary deve tocar no fogão, não importa quanto tempo eu demorei. Ninguém deve sair ou mesmo abrir a porta até eu voltar.

Ela pendurou o balde de leite no braço e estendeu o braço para a neve rodopiante, de modo a encontrar o varal. Então fechou a porta dos fundos atrás de si.

Laura correu até a janela escura, mas não conseguiu ver Ma. Não via nada além do branco rodopiante batendo contra o vidro. O vento gritava, uivava e tagarelava. Parecia trazer vozes.

Ma seguiria passo a passo, segurando-se firme ao varal. Chegaria ao outro extremo e continuaria, mesmo cega pela neve dura que arranhava

À BEIRA DO RIACHO

seu rosto. Laura tentava imaginar Ma se movendo devagar, em um passo por vez, até que finalmente trombasse com a porta do estábulo.

Ela abriria a porta e a neve entraria. Então Ma iria virar para fechar a porta depressa e passar o trinco. O estábulo estaria quente, por causa dos animais, e sua expiração condensaria. Também estaria tranquilo, apesar da tempestade lá fora, porque suas paredes eram grossas. Sam e David iriam relinchar para Ma, a vaca mugiria e o novilho, já grande, berraria. Haveria galinhas ciscando aqui e ali, uma delas cacarejando sozinha.

Ma limparia todas as baias com o forcado. Aos poucos, ela jogaria o antigo leito dos animais sobre a pilha de esterco. Então pegaria o feno das manjedouras e espalharia, para fazer leitos novos.

Ela também passaria o feno fresco da pilha para uma manjedoura depois da outra, até que as quatro estivessem cheias. Sam, David, Mancha e o novilho fariam barulho ao mastigar aquele feno bom. Não estariam com muita sede, porque Pa lhes dera água antes de partir para a cidade.

Com a velha faca que Pa mantinha perto da pilha de nabos, Ma cortaria alguns e colocaria nas manjedouras. Os cavalos, a vaca e o novilho mastigariam os nabos crocantes. Ma verificaria a água das galinhas, para se certificar de que teriam o bastante. Debulharia um milho para elas e lhes daria um nabo para bicar.

Agora, ela devia estar ordenhando Mancha.

Laura esperou até ter certeza de que Ma já estaria pendurando o banquinho da ordenha. Depois de fechar a porta do estábulo atrás de si, com todo o cuidado, Ma voltaria para casa, segurando-se à corda.

Mas ela não chegou. Laura esperou um bom tempo. Decidiu-se a esperar mais, e assim fez. O vento sacudia a casa. Neve fina e granulosa como açúcar se acumulava no peitoril da janela, caía no piso e não derretia.

Mesmo de xale, Laura tremia. Ela continuou olhando pelas vidraças opacas, ouvindo o ruído da neve e o uivo do vento. Pensou nas crianças cujos pais nunca voltaram para casa, que queimaram todos os móveis da casa e ainda assim congelaram.

Laura não conseguia mais ficar parada. O fogo queimava bem, mas só perto dele a casa estava de fato quente. Ela puxou a cadeira de balanço para perto do forno aberto, colocou Carrie nela e ajeitou seu vestido. A menina balançava a cadeira alegremente, enquanto Laura e Mary esperavam.

Finalmente, a porta dos fundos se abriu. Laura correu para Ma. Mary pegou o balde de leite enquanto Laura desamarrava o capuz de Ma. Ela estava sem fôlego e com frio demais para falar. As meninas a ajudaram a tirar o casaco.

A primeira coisa que Ma disse foi:

– Sobrou algum leite?

Havia um pouquinho de leite no fundo do balde, e um pouco congelado nas laterais.

– Está um vento terrível – Ma disse, enquanto aquecia suas mãos junto ao fogo. Em seguida, acendeu a lamparina e a deixou no peitoril da janela.

– Por que fez isso, Ma? – Mary perguntou.

– Não acha que fica bonito, a lamparina iluminando a neve lá fora? – Ma respondeu, com um leve sorriso.

Depois de um breve descanso, elas se sentaram para jantar, tomando leite e comendo pão. Em seguida, se reuniram perto do fogo, prestando atenção aos sons ao redor. Ouviram vozes uivando e gritando no vento, a casa estalando, a neve sibilando.

– Agora chega disso! – falou Ma. – Vamos fazer uma brincadeira de palmas! Mary e Laura juntas, e Carrie e eu. Vamos ser mais rápidas que elas!

Elas brincaram de palmas, cada vez mais rápido, até errar a musiquinha e começar a rir. Então Mary e Laura lavaram a louça enquanto Ma tricotava.

Carrie queria continuar brincando de palmas, portanto, Mary e Laura se revezaram para brincar com ela. Sempre que paravam, Carrie gritava:

À BEIRA DO RIACHO

– Mais! Mais!

As vozes na tempestade uivavam, riam e gritavam, e a casa tremia. Laura cantava e batia palmas com Carrie:

Há quem goste quente, há quem goste morno.
Há quem goste na panela, ou até mesmo no...

A chaminé começou a se sacudir. Laura olhou para cima e gritou:

– Ma! A casa está pegando fogo!

Uma bola de fogo descia pela chaminé, maior do que o novelo de lã de Ma. Ela rolou para o fogão e caiu no chão, enquanto Ma se levantava. Com a saia levantada, ela tentou pisar na bola de fogo, que parecia escapar e rolou em direção ao tricô que estava no chão.

Ma tentou empurrar a bola para o cinzeiro da fornalha, mas ela correu para as agulhas. Em seguida, outra bola de fogo rolou da chaminé, seguida por mais uma. Elas rolavam pelo chão, sem queimar, e se aproximavam cada vez mais das agulhas.

– Minha nossa! – Ma disse.

Elas assistiram às bolas de fogo rolando, mas de repente havia apenas duas. E depois nenhuma. Ninguém viu para onde foram.

– É a coisa mais estranha que já vi – disse Ma, assustada.

Os pelos de Jack estavam todos eriçados. Ele foi até a porta, ergueu o focinho e começou uivar.

Mary se encolheu na cadeira, assustada, enquanto Ma colocava as mãos sobre os ouvidos, buscando abafar o som.

– Por favor, Jack, pare – ela implorou.

Laura correu até o cachorro, mas ele não deixou que ela o abraçasse. Jack correu até seu canto e se deitou, com o focinho nas patas, os pelos eriçados e os olhos brilhando na escuridão.

LAURA INGALLS WILDER

Ma pegou Carrie no colo, e Laura e Mary se juntaram a elas na cadeira de balanço. Enquanto continuavam a ouvir vozes selvagens lá fora, os olhos de Jack continuaram brilhando. Foi então que Ma decidiu:

– É melhor vocês irem para a cama, meninas. Quanto mais cedo dormirem, mais cedo vai amanhecer.

Ela deu um beijo de boa-noite em cada uma. Mary subiu a escada do sótão, mas Laura parou na metade. Ma estava aquecendo a camisola de Carrie perto do forno. Laura perguntou a ela, baixo:

– Pa ficou mesmo na cidade, não é?

Ma não levantou os olhos.

– Claro, Laura – ela disse, animada. – Ele e o sr. Fitch devem estar perto do fogo agora, contando histórias e piadas.

Laura foi para a cama, mas no meio da noite ela acordou e notou a luz da lamparina que vinha pelo buraco da escada. Ela saiu da cama, enfrentando o frio, ajoelhou-se no chão e olhou lá para baixo.

Ma estava sentada sozinha na cadeira. Sua cabeça estava abaixada e seu corpo se mantinha imóvel, mas seus olhos permaneciam abertos, voltados para as mãos entrelaçadas sobre as pernas. A lamparina continuava a brilhar na janela.

Laura ficou olhando por um bom tempo, mas Ma não se movia. A lamparina continuava acesa. A tempestade de neve uivava, vozes gritavam na enorme escuridão que envolvia a casa assustada. Finalmente, Laura voltou para a cama e se deitou, tremendo.

Um dia de brincadeiras

Já era tarde no dia seguinte quando Ma chamou Laura para tomar café. A nevasca parecia mais forte e bravia. Uma camada de gelo branca cobria as janelas. Dentro de casa, neve parecendo açúcar espalhava-se pelo chão e cobertores. Lá em cima, estava tão frio que Laura pegou suas roupas e as levou para baixo, para se vestir ao lado do fogo.

Mary já estava vestida e abotoava o vestido de Carrie. Na mesa, havia mingau de milho quente, leite, pão branco e manteiga. A luz do dia era bem branca. A camada de gelo nas janelas estava bem grossa.

Junto do fogo, Ma estremeceu.

– Bem – ela disse –, preciso alimentar os animais.

Ma vestiu as botas e o casaco de Pa e se protegeu com seu xale grande. Disse à Mary e Laura que demoraria mais daquela vez, porque precisava dar água aos cavalos e aos bois.

Depois que ela saiu, Mary pareceu temerosa e ficou imóvel. Mas Laura não suportava ficar quietinha.

– Vamos – ela disse a Mary. – Temos trabalho a fazer.

Elas lavaram e enxugaram a louça. Sacudiram a neve das cobertas e arrumaram a cama. Voltaram ao fogão para se aquecer, então o poliram. Mary limpou a caixa de lenha enquanto Laura varria o chão.

Ma ainda não tinha retornado quando Laura pegou um pano e limpou os peitoris das janelas, os bancos e todas as curvas da cadeira de balanço feita de madeira de salgueiro. Ela subiu em um banco e com todo o cuidado limpou a prateleira do relógio e o próprio relógio, depois o cachorrinho com manchas marrons e a caixa de joias com o bule, a xícara e o pires dourados na tampa. Ela não tocou na pastorinha de louça que ficava na prateleira de madeira que Pa havia feito para Ma. Ela não permitia que ninguém mais tocasse em sua pastorinha.

Enquanto Laura tirava o pó, Mary penteou o cabelo de Carrie e colocou a toalha xadrez na mesa, depois pegou os livros e a lousa.

Finalmente, o vento soprou no puxadinho, trazendo um turbilhão de neve e Ma.

Sua saia e seu chale estavam congelados. Ela tinha precisado buscar água no poço para os cavalos, Mancha e o novilho. O vento havia espirrado água em Ma, e o frio havia congelado suas roupas molhadas. Ela não conseguira levar água o bastante ao celeiro, mas conseguira salvar quase todo o leite sob o xale congelado.

Ma descansou um pouco, depois disse que precisava buscar lenha. Mary e Laura imploraram que deixasse que o fizessem, mas Ma disse:

– Não. Vocês ainda não são grandes o bastante, acabariam se perdendo. Não sabem como está essa nevasca. Eu pego a lenha e vocês abrem a porta para mim.

Ma empilhou a lenha na caixa e em toda a volta, enquanto as meninas abriam e fechavam a porta para ela. Depois descansou, enquanto Laura e Mary enxugavam as poças de neve derretida da madeira.

À BEIRA DO RIACHO

– Vocês são boas meninas. – Ma olhou para a casa em volta e as elogiou pelo trabalho caprichoso que haviam realizado em sua ausência. – Agora podem estudar.

As duas se sentaram com os livros. Laura mantinha os olhos fixos na mesma página, sem conseguir se concentrar. Ouvia a tempestade uivando e algo no ar gemendo e gritando. A neve batia contra as janelas e ela tentava não pensar em Pa. De repente, as palavras na página ficaram embaçadas e uma lágrima caiu sobre ela.

Laura ficou constrangida. Seria vergonhoso até mesmo para Carrie chorar, e ela mesma já tinha oito anos. Ela olhou de soslaio para se certificar de que Mary não havia visto a lágrima caindo. Mary apertava tantos os olhos que seu rosto todo se enrugava. Ela também balbuciava.

– Acho que já chega de estudar, meninas! – Ma disse. – Por que não brincamos um pouco? Como gostariam de começar? Com quatro-cantos! O que acham?

– Ah, sim! – elas concordaram.

Laura se postou em um canto, Mary em outro e Carrie no terceiro. Por causa do fogão, o cômodo tinha apenas três cantos. Ma foi para o meio e disse:

– Pobrezinha de mim, quero um canto também!

Então, todas deixaram seu lugar ao mesmo tempo e tentaram ocupar um canto. Jack se animou. Ma conseguiu chegar a um canto antes de Mary, de modo que ela teve que ir para o meio. Depois, Laura tropeçou em Jack e acabou ficando sem canto. No começo, Carrie seguia depressa para os cantos errados, mas logo aprendeu a brincar.

Elas correram até ficar sem fôlego, entre esforços, gritos e risadas. Precisavam descansar um pouco, então Ma disse:

– Tragam a lousa para que eu possa contar uma história.

– Por que precisa da lousa para contar uma história? – Laura perguntou, e a entregou a Ma.

– Você vai ver – ela disse, e começou a contar.

Muito longe na floresta, havia um lago, assim:

O lago tinha um monte de peixes, assim:

Mais para baixo do lago viviam dois homens, cada um em uma pequena tenda, porque ainda não haviam tido tempo de construir suas casas:

Eles sempre iam ao logo, para pescar, por isso fizeram um caminho até lá:

Um pouco adiante do lago, viviam um velho e uma velha, em uma casinha sem janela:

Um dia, a velha foi ao lago pegar um balde de água:

Ela notou que os peixes voavam sobre o lago, assim:

A velha correu para casa o mais rápido possível e disse ao velho:

– Os peixes estão voando!

O velho tirou o narigão de casa para dar uma olhada.

– Pff! – ele disse. – São só girinos!

– Passarinhos! – Carrie gritou, batendo as mãozinhas e rindo até cair do banquinho.

Laura e Mary riram também, então disseram:

– Conta outra, Ma! Por favor!

– Bem, se quiserem – Ma disse, então começou a contar. – *Esta é a casa que Jack construiu com pouco dinheiro.*

Ela encheu os dois lados da lousa com o texto e as imagens daquela história. Depois deixou que Mary e Laura lessem e olhassem o quanto quisessem. Por fim, perguntou:

À BEIRA DO RIACHO

– Pode contar uma história também, Mary?

– Sim! – Mary respondeu.

Ma limpou a lousa e a entregou a Mary.

– Escreva aqui na lousa – ela disse. – Laura e Carrie, tenho umas coisinhas com que podem brincar.

Ela deu seu dedal a Laura e o dedal de Mary a Carrie, então mostrou como obter círculos perfeitos pressionando-os contra o gelo nas janelas. Assim, podiam desenhar na neve.

Laura fez uma árvore de Natal só com os círculos do dedal. Fez pássaros voando. Fez uma casa de toras com fumaça saindo da chaminé. Fez até um bonequinho e uma bonequinha redondos. Carrie só fez círculos.

Quando Laura terminou de desenhar na janela e Mary, na lousa, já estava escurecendo. Ma sorriu para elas.

– Estávamos tão ocupadas que nos esquecemos do almoço – ela disse. – Agora venham jantar.

– Não precisa fazer as tarefas antes? – Laura perguntou.

– Hoje não – Ma disse. – Já era tarde quando alimentei os animais, então deixei um pouco mais para que durasse até amanhã, quando a tempestade talvez tenha melhorado um pouco.

De repente, Laura ficou muito triste. Mary também. Carrie choramingou:

– Quero Pa!

– Calma, Carrie – Ma disse, e Carrie se acalmou. – Não devemos nos preocupar com Pa – ela garantiu, com firmeza. Então acendeu a lamparina, mas não a colocou na janela. – Agora vamos jantar e depois ir para a cama.

O terceiro dia

Durante toda a noite, a casa balançou e sacudiu ao vento. No dia seguinte, a tempestade havia piorado. O barulho do vento ficou ainda mais terrível, assim como o da neve batendo contra as vidraças.

Ma se arrumou para ir ao estábulo.

– Comam, meninas, e cuidado com o fogo – ela disse, antes de sair para enfrentar a nevasca.

Depois de um bom tempo, Ma voltou e outro dia começou.

Foi um dia escuro e longo. Elas ficaram bem juntinhas, próximas ao fogo, sentindo o frio em suas costas. Carrie estava muito assustada, e o sorriso de Ma parecia cansado. Laura e Mary estudaram bastante, mas não aprenderam direito a lição. Os braços do relógio se moviam tão devagar que pareciam parados.

Finalmente, a luz cinza se foi e a noite retornou. A luz da lamparina brilhava contra as tábuas da parede e as janelas cobertas de gelo. Se Pa estivesse ali, pegaria a rabeca e todos ficariam felizes no aconchego do lar.

– Vamos, vamos! – Ma disse. – Querem brincar de cama-de-gato?

À BEIRA DO RIACHO

O jantar de Jack permanecia intocado. De seu canto, ele soltou um suspiro triste. Mary e Laura olharam uma para a outra:

– Não, obrigada, Ma. Queremos ir para a cama – Laura disse.

Ela se deitou na cama gelada, com as costas coladas nas costas de Mary. A tempestade sacudia a casa, que rangia e estremecia toda. A neve castigava o telhado. Laura enfiou a cabeça sob as cobertas, mas os sons da tempestade eram piores do que lobos. Lágrimas frias rolaram por suas bochechas.

O quarto dia

Pela manhã, os ruídos tinham desaparecido. O vento soprava com um lamento constante e agudo, e a casa se mantinha imóvel. No entanto, o fogo forte pouco aquecia.

– O frio está piorando – Ma disse. – Não se preocupem em fazer as tarefas, se enrolem nos xales e mantenham Carrie com vocês, perto do fogo.

Pouco depois de Ma retornar do estábulo, o gelo na janela que dava para o leste pareceu ficar vagamente amarelado. Laura correu para baforar nele e arranhar a superfície até conseguir abrir um buraco por onde enxergar. O sol estava brilhando lá fora!

Ma foi dar uma olhada, depois Mary e Laura se revezaram para observar a neve que se espalhava como ondas pelo chão. O céu parecia feito de gelo. O ar parecia frio acima daquele rio de neve, e a luz do sol que entrava pelo buraquinho não trazia mais calor do que a sombra.

De relance, Laura avistou algo escuro se aproximando. Um animal peludo se aproximava em meio à neve. *Um urso*, ela concluiu. Ele virou no canto da casa, cambaleando, e escureceu a janela da frente.

À BEIRA DO RIACHO

– Ma! – Laura gritou.

A porta se abriu e o animal peludo entrou, coberto de neve. Tinha os olhos de Pa. Então, a voz de Pa disse:

– Minhas meninas se comportaram na minha ausência?

Ma correu até ele, seguida de Laura, Mary e Carrie, chorando e rindo. Ma o ajudou a tirar o casaco, enquanto a neve que cobria sua pele caía no chão. Pa deixou o casaco cair também.

– Charles! Você está congelado! – Ma disse.

– Só um pouco – ele disse. – E estou faminto. Vou apenas me sentar junto ao fogo, Caroline, e você pode me alimentar.

Seu rosto parecia magro e seus olhos estavam arregalados. Ele se sentou perto do forno, tremendo, mas garantiu que só estava com frio, nada mais. Ma esquentou depressa um pouco de caldo de feijão e ofereceu a ele.

– Está ótimo – Pa disse. – Esquentaria qualquer um.

Ma tirou as botas de Pa, que levantou os pés para pegar o calor do fogo.

– Charles – Ma começou a dizer. – Você... Onde...

Ela sorria, com a boca trêmula.

– Ah, Caroline, não precisava ter se preocupado comigo – disse Pa. – Sempre vou voltar para casa, para cuidar de você e das meninas. – Ele colocou Carrie em seu joelho e passou um braço pelos ombros de Laura e outro pelos ombros de Mary. – O que você achou, Mary?

– Sabia que você voltaria para casa – ela respondeu.

– Essa é minha menina! E você, Laura?

– Eu não achava que estivesse com o sr. Fitch, contando histórias – disse Laura. – Mas... eu torcia para que estivesse.

– Viu só, Caroline? Como um homem poderia não voltar para casa? – Pa perguntou a Ma. – Me dê mais um pouco de caldo e vou contar tudo a vocês.

Elas esperaram enquanto ele descansava e tomava o caldo de feijão com pão e chá quente. Seu cabelo e sua barba estavam molhados, por causa da neve que derretia. Ma secou-os com uma toalha. Então, ele segurou a mão dela, fez com que se agachasse a seu lado e perguntou:

– Caroline, sabe o que esse clima significa? Que teremos uma bela safra de trigo no próximo ano!

– É mesmo, Charles? – ela perguntou.

– Nada de gafanhotos no próximo verão. O pessoal da cidade estava comentando que os gafanhotos só vêm quando os verões são quentes e secos e os invernos, amenos. Com essa neve toda, vamos ter uma boa colheita no ano que vem.

– Isso é ótimo, Charles – Ma disse, em voz baixa.

– Bem, era o que todos estavam comentando na loja. Eu sabia que precisava voltar para casa, e quando ia sair Fitch me mostrou o casaco de búfalo. Tinha comprado barato de um homem que precisava de dinheiro para comprar uma passagem no último trem para o Leste. Fitch disse que poderia me vender por dez dólares. É bastante dinheiro, mas...

– Fico feliz que tenha comprado o casaco, Charles – Ma disse.

– Acabou sendo uma sorte mesmo, embora na hora eu não soubesse disso. Na ida para a cidade, o vento passava direto pelo casaco velho. Ele não parecia fazer diferença, e estava frio o bastante para congelar o nariz de qualquer um. Quando Fitch me disse que poderia pagar na próxima primavera, quando vendesse a pele dos animais das armadilhas, coloquei o casaco de búfalo por cima do meu antigo.

"Assim que saí para a pradaria, vi a nuvem a noroeste, mas era tão pequena e estava tão distante que achei que conseguiria chegar aqui antes dela. Comecei a correr, mas ainda estava na metade do caminho quando a tempestade me alcançou. Não conseguia enxergar nem minha mão diante do rosto.

À beira do riacho

"Não haveria problema se o vento não viesse de todas as direções ao mesmo tempo. Não sei como isso pode acontecer. Quando uma tempestade vem do noroeste, é possível seguir para o norte com o vento batendo na bochecha esquerda. Mas isso fica impossível em uma nevasca assim.

"De qualquer maneira, eu achava que conseguiria continuar andando em frente, mesmo sem enxergar e sem conseguir identificar o caminho. Por isso continuei andando, sempre em frente, ou era o que eu achava. Eu soube que estava perdido quando já havia andado mais de três quilômetros e ainda não havia chegado ao riacho. Não tinha ideia de para onde virar. E não havia o que fazer além de seguir em frente. Precisava caminhar até que a tempestade cedesse. Se parasse, congelaria.

"Então continuei andando. Andei e andei. Via tanto quanto veria se fosse cego. Não ouvia nada além do vento. Continuei caminhando em meio ao borrão branco. Não sei se vocês notaram, mas durante a nevasca parecia haver vozes no vento, coisas gritando no alto."

– Sim, Pa! Eu notei! – Laura disse.

– Eu também – disse Mary, enquanto Ma só assentiu.

– E bolas de fogo – Laura completou.

– Bolas de fogo? – Pa perguntou.

– Depois falamos, Laura – disse Ma. – Prossiga, Charles. O que você fez?

– Continuei andando – ele respondeu. – Andei até o borrão branco ficar cinza e depois preto, então eu soube que era noite. Calculei que fizesse umas quatro horas que havia saído, e essas nevascas duram três dias e três noites. Mas continuei andando.

Quando Pa parou de falar, Ma comentou:

– Deixei a lamparina acesa na janela para você.

– Não vi – Pa disse. – Eu forçava a vista para tentar enxergar alguma coisa, mas só via escuridão. De repente, o chão cedeu sob mim, e eu caí, acho que uns três metros. Pareceu mais.

"Eu não fazia ideia do que tinha acontecido ou de onde me encontrava. Mas estava protegido do vento. A nevasca uivava e gritava mais acima, mas ali o ar não se movia. Tateei em volta. Em três lados ao meu redor, havia montes de neve acumulada mais altos do que eu podia alcançar, enquanto à frente havia uma espécie de parede de terra inclinada.

"Não demorei muito para imaginar que havia caído em algum barranco na pradaria. Voltei para baixo e fiquei ali, com terra firme nas costas e acima, tão confortável quanto um urso em sua toca. Não achava que ia congelar ali, protegido do vento e com o casaco de búfalo para manter meu corpo aquecido. Então me encolhi todo e dormi, de tão cansado que estava.

"Fiquei muito feliz por ter o casaco, um bom chapéu, com protetores de orelha e um par extra de meias grossas, Caroline.

"Quando acordei, ainda ouvia a nevasca, mas apenas vagamente. Havia uma parede sólida de neve à minha frente, coberta de gelo, a não ser por um buraco aberto pela minha respiração. A nevasca havia preenchido o buraco que eu abrira ao cair. Devia ter quase dois metros de terra acima de mim, mas o ar ainda era respirável. Movi meus braços, minhas pernas, meus dedos das mãos e dos pés, senti meu nariz e minhas orelhas, para garantir que não estavam congelando. Ainda ouvia a tempestade, por isso dormi de novo. Quanto tempo se passou, Caroline?

– Três dias e três noites – Ma disse. – Estamos no quarto dia.

Então Pa perguntou a Mary e Laura:

– Sabem que dia é hoje?

– Domingo? – Mary arriscou.

– É véspera de Natal – disse Ma.

Laura e Mary tinham se esquecido completamente do Natal. Laura perguntou:

– Ficou dormindo esse tempo todo, Pa?

À BEIRA DO RIACHO

– Não – ele disse. – Eu dormia e acordava com fome, depois dormia mais um pouco até acordar faminto. Tinha comprado algumas bolachas para o Natal. Estavam no bolso do casaco de búfalo. Peguei um punhado do pacote e comi. Peguei um punhado de neve e comi, para me hidratar. Depois disso, não restava nada a fazer a não ser esperar a nevasca passar.

"Devo dizer que foi bem difícil, Caroline, pensar em você e nas meninas e saber que você teria que sair na nevasca para cumprir minhas tarefas. Mas eu sabia que não conseguiria chegar enquanto a tempestade caísse.

"Esperei por um longo tempo, até que fiquei com fome de novo e comi o restante das bolachas. Não eram maiores que a ponta do meu dedão. Uma só não enchia nem a boca, e nem tudo o que comprei me satisfez muito.

"Continuei esperando e dormi mais um pouco. Calculei que devia ser noite de novo. Sempre que acordava, prestava bastante atenção e conseguia ouvir o som vago da nevasca. Pelo barulho, eu sabia que a camada de neve sobre mim ficava cada vez mais maior, só que o ar continuava respirável na minha toca. O calor do meu sangue me impedia de congelar.

"Tentei dormir o máximo possível, mas sentia tanta fome que ficava acordando. Chegou um ponto em que eu nem conseguia dormir mais. Eu estava determinado a não fazer isso, meninas, mas depois de um tempo acabei fazendo. Tirei o saco de papel do bolso interno do casaco velho e comi todas as balas que havia comprado para o Natal. Sinto muito."

Laura o abraçou de um lado e Mary, do outro, bem forte. Então Laura disse:

– Ah, Pa, fico feliz que tenha comido!

– Eu também fico, Pa! Eu também fico! – disse Mary. As duas estavam felizes de verdade.

– Bem – ele prosseguiu –, no ano que vem teremos uma boa safra de trigo, e vocês não vão precisar esperar até o Natal para comer bala.

– Eram gostosas, Pa? – Laura perguntou. – Sentiu-se melhor depois de comer?

– Eram muito gostosas, e eu me senti muito melhor – disse Pa. – Peguei no sono na hora, e devo ter dormido a maior parte do dia e da noite de ontem. De repente, estava totalmente desperto. Não conseguia ouvir nenhum som.

"Será que estava tão enterrado na neve que não conseguia ouvir nada ou será que a nevasca tinha parado? Ouvi com atenção. Estava tudo tão parado que dava para ouvir o silêncio.

"Comecei a cavar para sair da neve, como um texugo. Não demorei a conseguir deixar minha toca. Saí em cima do monte de neve. E sabem onde eu me encontrava?

"Na margem do riacho, um pouco para cima do ponto onde deixamos a armadilha para os peixes, Laura."

– Ah, mas eu consigo ver esse lugar da janela – ela disse.

– Sim. E eu consegui ver a casa – disse Pa.

Aquele tempo todo, ele estivera ali perto. A luz da lamparina na janela não conseguia atravessar a nevasca, no fim das contas.

– Minhas pernas estavam tão rígidas e senti tanta cãibra que mal consegui ficar de pé – prosseguiu Pa. – Mas avistei a casa e comecei a voltar o mais rápido que pude. E aqui estou! – ele concluiu, abraçando Laura e Mary. Então foi até o casaco de búfalo e tirou uma latinha quadrada e brilhante do bolso. – O que acham que eu trouxe para o almoço de Natal?

Elas não faziam ideia.

– Ostras! – Pa disse. – Belas ostras frescas! Comprei congeladas, e continuam assim. É melhor deixar no puxadinho, Caroline, para que durem até amanhã.

Laura tocou a lata. Estava gelada.

– Comi todas as bolachas e as balas de Natal, mas pelo menos trouxe ostras para casa! – ele concluiu.

Véspera de Natal

Pa saiu cedo para fazer suas tarefas da noite, e Jack o acompanhou, mantendo-se sempre bem perto dele. Não pretendia perdê-lo de vista outra vez.

Quando os dois voltaram, estavam com frio e cobertos de neve. Pa bateu as solas das botas e pendurou o casaco velho e o chapéu no prego que ficava à porta do puxadinho.

– O vento está ficando mais forte novamente – ele disse. – Vamos ter outra nevasca antes do amanhecer.

– Desde que você esteja aqui, Charles, não me importo – disse Ma.

Jack se deitou, satisfeito. Pa se sentou ao fogo para esquentar as mãos.

– Se me trouxer a rabeca, posso tocar alguma coisa, Laura – ele disse.

Ela levou o estojo para ele. Pa afinou a rabeca e passou resina no arco. Enquanto Ma fazia o jantar, ele encheu a casa de música.

Ah, Charley é um verdadeiro dândi!
Ah, Charley é um bom rapaz!
Charley gosta de beijar garotas
E, como ele, isso ninguém faz!

Não quero saber do seu trigo,
Não me venha com sua cevada.
Vou fazer um bolo para Charley
Então só quero farinha e mais nada!

A voz de Pa saía tão animada quanto a música, Carrie ria e batia palmas, os pés de Laura dançavam.

Então o ritmo da rabeca se alterou e Pa começou a cantar sobre uma doce senhora.

Era uma noite calma e pacata
Com a luz pálida da lua
Brilhando sobre o vale...

Ele olhou para Ma, que estava ocupada no fogão, enquanto Mary e Laura ouviam sentadas. A rabeca assumiu um tom brincalhão, subindo e descendo.

Mary, ponha os pratos na mesa
Pratos na mesa, pratos na mesa,
Mary ponha os pratos na mesa
E vamos tomar um chá!

– E eu, o que faço, Pa? – Laura perguntou, enquanto Mary corria para pegar os pratos e as canecas do armário. A rabeca e Pa continuaram cantando, descendo o tom que haviam acabado de subir.

Laura pode tirar a mesa,
Tirar a mesa, tirar a mesa,
Laura pode tirar a mesa,
Depois que a gente comer!

À BEIRA DO RIACHO

Assim, Laura soube que Mary ia colocar a mesa do jantar e ela deveria retirar depois.

O vento soprava mais forte e mais alto do lado de fora. A neve rodopiava ruidosamente contra as vidraças. No entanto, o som da rabeca ainda ecoava e Pa cantava dentro da casa quente e iluminada. Os pratos tilintavam enquanto Mary punha a mesa. Carrie se balançava sozinha na cadeira, e Ma se alternava tranquilamente entre a mesa e o fogão. Ela colocou uma panela cheia de lindos feijões assados bem no meio da mesa, depois tirou do forno a assadeira quadrada com o pão de milho douradinho. Um aroma rico, doce e delicioso preencheu o ar. A rabeca ria e cantava:

Sou o capitão Jinks da cavalaria
Dou ao meu cavalo milho e feijão
Comida e bens nunca me faltarão
Pois sou o capitão Jinks da cavalaria
Pois sou um capitão do exército!

Laura acariciou a testa peluda de Jack e coçou as orelhas dele. Depois, com ambas as mãos, apertou rapidamente a cabecinha dele, animada. Tudo era maravilhoso. Os gafanhotos tinham ido embora, e no ano seguinte Pa colheria trigo. No dia seguinte, Natal, comeriam ostras. Não haveria presentes ou doces, mas Laura não conseguia pensar em nada que pudesse querer. Estava feliz que as balas tinham ajudado a trazer Pa em segurança para casa.

– O jantar está pronto – Ma disse, com sua voz tranquila.

Pa guardou a rabeca no estojo. Ele se levantou e olhou em volta. Seus olhos azuis brilhavam para elas.

– Veja, Caroline – Pa disse. – Veja como os olhos de Laura brilham.